AF210113

Für die Unendlichkeit.

Armin Sengbusch

Geschichten am Rand der Detonation

Die Hölle des Alltags

Bibliografische Information der Deutschen Nationalbibliothek: Die
Deutsche Nationalbibliothek verzeichnet diese Publikation in der
Deutschen Nationalbibliografie; detaillierte bibliografische Daten
sind im Internet über http://dnb.dnb.de abrufbar.

Die automatisierte Analyse des Werkes, um daraus Informationen
Insbesondere uber Muster, Trends und Korrelationen gemäß §44b
UrhG („Text und Data Mining") zu gewinnen, ist untersagt.

© 2017-2024 Armin Sengbusch

Lektorat & Korrektorat: Unendlichkeit
Titelbild: Pixabay / Caitlin Wynne

Verlag: BoD · Books on Demand GmbH, In de Tarpen 42, 22848
Norderstedt

Druck: Libri Plureos GmbH, Friedensallee 273, 22763 Hamburg

ISBN: 978-3-7583-4029-1

Nachdruck und Vervielfältigung jeder Art, auch auf Bild-, Ton-, Daten- und anderen Trägern, Fotokopie (auch zum »privaten« Gebrauch), Digitalisierung – in jedweder Form – sind nicht erlaubt und nur nach vorheriger Absprache mit dem Autor möglich.

Niemand mag Klugscheißer.

Inhalt

Um an eine andere Kasse zu gelangen,

bitte einmal rückwärts und dann

nach rechts oder links verwesen.

Der rechte Platz

Ich lebe immer kurz vor der Detonation. Ich sitze im Bus, komme gerade von einem kleinen Einkauf zurück und trage eine Mütze und einen Jutebeutel. Eine ältere Dame steigt ein. Ich lächle sie freundlich an und nicke ihr zu.

Ich: »Darf ich Ihnen meinen Sitzplatz anbieten?«

Sie: »Nein.«

Ich: »Entschuldigung.«

Sie: »Sie brauchen sich nicht entschuldigen! Ihren Platz nehme ich nicht! Es ist ja schon schlimm genug, dass jemand wie Sie den Bus benutzen darf.«

Ich: »Zunächst brauche ich mich nicht ZU entschuldigen, das ist eine simple Grammatikregel. Doch ich entschuldige mich gern, falls ich Ihnen zu nahegetreten bin. Und schließlich wüsste ich gern noch, wer ich bin.«

Sie: »Sie sind einer von den Nazis.«

Ich: »Aha. Und das wissen Sie, weil …?«

Sie: »Tun Sie nicht so! Ich habe den Bericht über Sie im Fernsehen gesehen!«

Ich: »Moment, ich war im Fernsehen?«

Sie: »Nicht Sie, aber Ihre Spießkumpanen: diese Typen mit Mützen und Stoffbeutel, die neuen

Nazis. Schlimm genug, dass wir das schon mal hatten, aber sie kommen ja immer wieder.«

Ich: »Ja, das ist schlimm. Und jetzt sind alle Menschen mit Mütze und Jutebeutel Nazis? Ich war zum Beispiel gerade beim Einkaufen, verweigere seit 13 Jahren Plastiktüten und habe keine Haare.«

Sie: »Mit der Glatze trauen Sie sich wohl nicht mehr raus! Dann wüsste man ja gleich, wohin Sie gehören!«

Ich: »Das wissen SIE ja ohnehin schon ganz genau. Übrigens: Ist der Herr mit der Mütze da drüben und dem Jutebeutel auch ein Nazi? Muss ich den kennen?«

Sie: »Wenn Sie ihn nicht kennen, ist er wohl auch kein Nazi.«

Ich: »Ungern vermiese ich Ihnen den Gedankengang, aber ich kannte Herrn Hitler auch nicht.«

Sie: »Sie haben ja keine Ahnung!«

Ich: »Nein, natürlich nicht. Wissen Sie eigentlich, was ein Nazi ist?«

Sie: »Natürlich!«

Ich: »Vielleicht sehen wir das ja ähnlich: Aus meiner Sicht ist ein Nazi ein Mensch, der andere aufgrund von Äußerlichkeiten vorverurteilt,

Worte für ihn erfindet und ihn gesellschaftlich ächtet.«

Sie: »Kommen Sie mir nicht mit Ihrem Propaganda-Mist!«

Ich: »Nein, keinesfalls. Schlimm wird es für Sie nur morgen, wenn ich mir eine Perücke aufsetze, eine Plastiktüte trage und Sie freundlich frage, ob sie diese Typen mit Mützen auch so schrecklich finden.«

Sie: »Wie meinen Sie das?«

Ich: »Wenn sich jemand verkleidet, erkennt man ihn nicht. Das ist das Komplizierte an der Menschheit, dass man nie weiß, was im anderen steckt. Wenn Sie mir morgen mit einem Jutebeutel und eine Mütze begegnen, weil Sie gerade einkaufen waren und es kalt ist, was mache ich dann mit Ihnen?«

Sie: »Aber die Dokumentation im Fernsehen…«

Ich: »…die war bestimmt super. Aber im Grunde genommen hat diese Dokumentation nur eine weitere Schublade geöffnet, die wir gar nicht brauchen.«

Sie: »Sind Sie denn nun ein Nazi?«

Ich: »Für diese Frage könnte ich Sie umarmen und allein das sollte Ihnen zeigen, dass ich kein Nazi bin. Fragen ist manchmal besser als vermuten.«

Sie: »Dann stehen Sie jetzt mal auf, junger Mann, und machen Platz für eine alte Dame!«

Ich: »Mist.«

Immerhin gibt es einen Nazi weniger auf der Welt, obwohl ich nie einer war. Dafür stehe ich natürlich auf, obwohl ich lieber sitzengeblieben wäre. Für den Weltfrieden mache ich das gern.

Der Vordrängler

Ich lebe immer kurz vor der Detonation. Vor wenigen Tagen stand ich am Tresen des Bäckers meines Vertrauens. Ich habe meinen Teil Lebenszeit mit dem Warten gefüllt, als mich die Verkäuferin freundlich anlächelt. Ich will gerade etwas bestellen, als sich ein Mann zwischen mich und den Tresen schiebt.

Er: »Geht auch ganz schnell!«

Ich: »Auf einen Quickie habe ich gerade keine Lust.«

Der Mann sieht mich verwirrt an, die Verkäuferin lacht.

Er: »Sex? Wie meinen Sie das?«

Ich: »Oh, kennen Sie die Geschichte mit den Bienen und den Blüten?«

Er: »Wollen Sie mich verarschen?«

Ich: »Ich bin doch kein Proktologe! So etwas müssen Sie schon selbst übernehmen.«

Er: »Kann ich dann jetzt?«

Ich: »Ich habe keine Ahnung, was Sie können.«

Er: »Ich will etwas bestellen!«

Ich: »Dann, äh, bestellen Sie sich doch hinter mir an.«

Er: »Ich hab's eilig!«

Ich: »Echt? Wo müssen Sie hin?«

Er: »Zur Arbeit!«

Ich: »Das ist tragisch. Soll ich Ihnen eine Entschuldigung schreiben?«

Die Verkäuferin prustet laut los.

Er: »Darauf kann ich verzichten, ich muss schnell zum Bus!«

Ich: »Naja, die Busse haben hier immer Verspätung, das weiß ich aus eigener Erfahrung. Da würde ich an Ihrer Stelle nicht auf die Minute gucken.«

Er (schüttelt genervt den Kopf): »Ich hätte schon längst bestellt haben können.«

Ich: »Ich auch!«

Er: »Aber bei mir ist es dringender!«

Ich: »Die Toiletten sind hier hinten links, das schaffen Sie noch.«

Er: »Haben Sie mal so richtig auf die Fresse bekommen?«

Ich: »Mehrfach. Vom Schmerzensgeld habe ich mir eine Bäckerei gekauft.«

Die Verkäuferin kichert.

Er: »Sie haben immer eine Antwort parat, was?«

Ich: »Nur, wenn mir jemand solche Steilvorlagen liefert. Möchten Sie noch etwas sagen?«

Er (dreht sich zur Kassiererin): »Zwei Croissants und eine Rosinenschnecke!«

Ich: »Lustig, das wollte ich auch bestellen. Ist aber nicht gut für die Figur.«

Verkäuferin (zeigt auf mich): »Ich glaube, der Herr war zuerst da!«

Er: »Mann, ich habe es wirklich eilig!«

Ich: »Hektik ist nicht gut für die Gesundheit! Der Herzinfarkt wartet bestimmt schon auf Sie. Dabei ist es hier ist es so gemütlich. Nehmen Sie Platz, bestellen Sie sich etwas und genießen Sie Ihr Frühstück mit einem frisch gebrühten Kaffee. Gibt es alles hier in der Bäckerei!«

Er: »Wissen Sie, wenn ich gewusst hätte, was für ein Klugscheißer am Tresen steht, hätte ich woanders angehalten. Wahrscheinlich sind Sie der Grund dafür, warum alle Busse hier immer Verspätung haben! Ich hatte zwei Minuten Zeit, um mir schnell mein Frühstück zu holen, zwei Minuten Zeit.«

Der Mann zeigt auf den Bus der Linie 25, der hinter meinem Rücken mit Warnblinker steht. Mein Gesicht läuft rot an und ich trete einen Schritt zurück. Der Mann bestellt, gibt sogar

Trinkgeld und eilt dann zu seinem
Arbeitsplatz zurück.

Klar, hätte er gleich sagen können, aber wenn
man es eilig hat, kann das mal passieren.

Seit diesem Tag fahre ich nicht mehr mit dem
Bus. Ich habe Angst, dass der Fahrer meinen
Fahrschein für ungültig erklärt und mich mit
Croissants bewirft. Verdient hätte ich es.

Das Grinsen

Ich lebe immer kurz vor der Detonation. Neulich in der U-Bahn. Mir gegenüber sitzt ein breitschultriger, muskulöser Mann. Ich sitze und lächle.

Er: »Was grinst du?«

Ich: »Ich verstehe die Frage nicht.«

Er: »Was du grinst!«

Ich: »Ich versuche es mal mit einer Interpretation: WAS ich grinse, ist wohl klar: Ich grinse ein Grinsen. Da du weißt, was ein Grinsen ist, möchtest du nicht wissen, was ich grinse, sondern eher, warum ich grinse. Ist das so?«

Er: »Halt's Maul, Alter!«

Ich: »Du hast mich doch was gefragt und ...

Er: »Ich hab' gesagt: Halt's Maul.«

Ich: »Moment! Du hast mich etwas gefragt und es wäre unhöflich, dann zu schweigen.«

Er: »Ich hau dir Eine rein!«

Ich: »Das wäre angesichts der Kameras hier dann wieder ein Grund zum Grinsen.«

Er: »Scheiß auf die Kameras, ich mach dich platt!«

Ich: »Und vorher bläst du dich auf, ich sehe schon.«

Er: »Alter!«

Ich: »Ja, richtig, ich könnte dein Vater sein.«

Er: »Halt's Maul, ich fick' deine Mutter!«

Ich: »Das ist nach §168 des StGB strafbar, da meine Mutter verstorben ist. Aber falls du es schaffst, sie auszugraben und mit ihr Geschlechtsverkehr zu haben, ist das sicher ein interessanter Vorgang. Aber es ist trotzdem verboten. Kurz gesagt: Ich würde das mit dem Ficken meiner Mutter eher bleiben lassen.«

Er: »Laber nich' rum!«

Ich »Entschuldigung. Ich versuche lediglich, dich vor dem Gefängnis zu bewahren.«

Er: »Da kannst du allein hingehen!«

Ich: »Naja, das müsste ich dann auch, wenn ich dich besuchen wollte.«

Er: »Von dir will ich keinen Besuch!«

Ich: »Guck mal: Du sitzt da allein auf der Bank und zwingst mir ein Gespräch auf. Das trieft doch vor Einsamkeit! Ich habe jetzt so viel Mitgefühl, dass ich glaube, mich um dich kümmern zu müssen.«

Er: »Bist du schwul, Alter?«

Ich: »Im Moment nicht. Aber wenn du dir so viel Mühe gibst, dann überlege ich es mir noch einmal.«

Er: »Alter, ich bin so krass sauer, ich steig hier jetzt aus.«

Ich: »Jetzt? Hier auf offener Strecke? Ist das nicht gefährlich?«

Er: »An der nächsten Haltestelle, Mann!«

Ich: »Okay, dann will ich dich nicht aufhalten.«

Er: »Niemand kann mich aufhalten!«

Ich: »Sicher nicht, besonders sprachlich nicht.«

Mann springt auf und sieht mich finster an.

Er: »Alter ...«

Ich: »Ich weiß, du willst mich plattmachen.«

Es entsteht eine nahezu peinliche Pause, weil es einige Augenblicke dauert, bis die Bahn in die Station reinfährt. Der Mann geht zur Tür.

Er: »Pass bloß auf!«

Ich: »Hast du eigentlich einen Hund?«

Er: »...«

Ich: »Ich meine, einen der bellt und nicht beißt. Das mag ich, da muss ich auch immer lächeln. Ich grinse also gar nicht.«

Die U-Bahn-Tür schließt sich, ich winke meinem neuen Freund hinterher. Es ist wieder einmal nichts passiert. Und die Kameras nehmen nur Bewegungen auf, keine Sprache.

Allerdings habe ich meinen neuen Freund vorgestern wiedergesehen. Er arbeitete als Türsteher bei einem Hamburger Nachtclub und ließ sich nicht erweichen, mich hineinzulassen. Bestechlich ist er auch nicht.

Erziehungsfragen

Ich lebe immer kurz vor der Detonation
Auf meinem Lieblings-Kinderspielplatz in
Winterhude.

Sie: »Hannes, wo ist denn nun wieder dein
Trinken?«

Ich: »Entschuldigung, wenn ich Sie störe,
aber: Wie alt ist Hannes?«

Sie: »Zweieinhalb.«

Ich: »Schönes Alter, da sind die Kinder nicht
nur süß, sondern auch schlau.«

Sie: »Ja, finde ich auch.«

Ich: »Sehen Sie, deshalb wollte ich fragen:
Muss es nicht ‚Getränk‘ heißen?«

Sie: »Wie?«

Ich: »... bitte. Aber ich stelle es gern mal in
den Zusammenhang: ‚Hannes, wo ist dein
Getränk?‘ statt ‚Wo ist dein Trinken?‘«

Sie: »Das Wort kennt er nicht.«

Ich: »Guck an. Wie kommt das?«

Sie: »Ich rede mit Hannes in der Sprache, die
er kennt.«

Ich: »Benutzen Sie dann alle Worte nicht, die
Hannes nicht kennt?«

Sie: »Ja ... Nein!«

Ich: »Und warum dann nicht ‚Getränk'?«

Sie: »... weil es zwei Silben hat!«

Ich: »Im Gegensatz zu ‚Trinken'?«

Sie: »Wollen Sie etwa meinen Sohn erziehen?«

Ich: »Naja, ich habe selbst einen Sohn, da bleibt keine Zeit für Ihren. Aber irgendjemand sollte sich schon um seine Erziehung kümmern.«

Sie: »Sprache ist auch nicht alles ...«

Ich: »Stimmt, schließlich schubst Ihr Sohn gerade ein anderes Kind.«

Sie: »Er kann sich eben durchsetzen!«

Ich: »Physisch, ja, verbal fehlen ihm Worte wie ‚Bitte', ‚Entschuldigung', ‚Darf ich mal' oder ‚Getränk'.«

Sie: »Ist das hier ‚Versteckte Kamera'?«

Ich: »Nö, leider nicht. Das ist das Leben und ihr Sohn wird sicher kein Schriftsteller.«

Sie: »Nee, der soll mal was Richtiges machen.«

Ich: »Sehen Sie, das dachte ich mir. Vielleicht wird er ja Barkeeper und fragt mich: ‚Noch ein Trinken?' Da werde ich mich dann an Sie erinnern.«

Sie: »...«

Ich: »Ich wünsche Ihnen noch eine gute Entwicklung. Gute Tresenkräfte werden immer gebraucht!«

Mein Sohn hat im Übrigen wenig Freunde. Es liegt nicht an ihm, es liegt daran, dass die meisten Eltern mit mir nichts zu tun haben wollen.

Logischer Transport

Ich lebe immer kurz vor der Detonation. Vorgestern stehe ich an der Supermarktkasse in einer langen Schlange. In meinem Arm trage ich zwei Tetra Paks Soja-Milch sowie eine Packung Star-Wars-Müsli. Vor mir hievt eine Frau ihr Zeug aus einem übervollen Einkaufswagen, hinter mir wartet ein älterer Herr in einem beigefarbenen Anzug und einer hellen Schiebermütze. In unregelmäßigen Abständen drückt er mir seinen Einkaufswagen in die Waden.

Ich: »Es mag Ihnen nicht aufgefallen sein, doch obwohl der Einkaufswagen transparent erscheint, wird er nicht durch mich hindurch fahren können.«

Er: »Sie müssen Ihre Waren auf das Band legen!«

Ich: »Das werde ich sicher noch tun, wenn das Band frei ist.«

Er: »Sie können die Abstellfläche benutzen!«

Ich: »Und dann?«

Er: »Dann geht es schneller! Ist denn das so schwer zu verstehen?«

Ich: »Klar, das ist logisch. Wenn ich mit dem Wagen im Stau stehe, dann gebe ich im

Leerlauf immer Vollgas, damit es schneller geht.«

Er: »Wir sind hier nicht auf der Autobahn!«

Ich: »Ich bin froh, dass Sie den Unterschied noch bemerken.«

Die Frau vor mir kichert beim hektischen Entladen ihres Einkaufswagens.

Er: »Sie halten hier alles auf!«

Ich: »Sie können sich ja an einer anderen Kasse anstellen.«

Er: »Das mache ich auch gleich!«

Wieder bekomme ich den Wagen in den Waden gerammt.

Ich: »Ich nehme mal an, dass Orientierungssinn nicht Ihre Stärke ist? Um an eine andere Kasse zu gelangen, bitte einmal rückwärts und dann nach rechts oder links verwesen.«

Die Frau vor mir keucht, auch vor Lachen.

Er: »Sie haben keinen Respekt vor dem Alter!«

Ich: »Ja, der geht mir immer verloren, wenn mein Bein schmerzt.«

Er: »Was?«

Ich: »Mit Wadenschmerzen kann ich nicht klar denken. Das kennen Sie bestimmt von ganz vielen anderen Körperteilen auch, ohne dass Sie jemand bedrängt.«

Er: »Werden Sie jetzt unverschämt?«

Ich: »Mein Werdegang ist abgeschlossen, ich bin unverschämt.«

Er: »Sie haben doch nicht alle Tassen im Schrank.«

Ich: »Zumindest habe ich noch einen Schrank, bei Ihnen ist die Bude wohl komplett leergeräumt.«

Er: »Legen Sie jetzt endlich Ihre Waren auf das Band!?«

Ich: »Ich könnte auch versuchen, mit Ihnen ein Kind zu zeugen. Das wäre genauso sinnvoll.«

Er: »Sie spinnen doch!«

Ich: »Wenn das Transportband frei wird, werde ich anfangen, meine Waren abzulegen. Andererseits kann ich auch verstehen, wenn es Ihnen an Geduld fehlt.«

Er: »Ich bin geduldig! Sie verhalten sich nur völlig falsch.«

Ich: »Das habe ich schon von vielen Menschen gehört, mit denen ich intim war.«

Die Frau vor mir prustet los und lässt eine Tiefkühlpizza fallen.

Er: »Legen Sie jetzt ihre Waren auf das Band!«

Ich: »Nö, mache ich nicht. Zum einen ist immer noch kein Platz da, zum anderen halte ich sie jetzt einfach so lange in den Händen, bis ich dran bin.«

Er: »Das ist gar nicht erlaubt!«

Ich: »Möchten Sie vielleicht vor?«

Er sieht mich verwirrt und skeptisch, aber auch irgendwie dankbar und erleichtert an. Die Frau vor mir streift mich mit panischen Blicken.

Ich: »Gucken Sie mal: Nebenan wird gerade eine Kasse geöffnet, da gehe ich jetzt hin und lege meine Waren auf das Band, weil dort genügend Platz ist.«

Mit einem überaus und fast zu freundlichem Lächeln weiche ich dem letzten Einkaufs- wagenrempler aus. Umständlich schiebe ich mich aus der Schlange heraus.
Allerdings komme ich zu spät an der anderen Kasse an. Eine ältere Frau hat ihren Einkaufswagen bereits neben dem Transportband postiert.
Sie winkt meinem Kontrahenten zu. Ich ahne Böses, als sie Portemonnaie öffnet und beginnt, ihr Kleingeld zu sortieren.
Eine Kassiererin ist auch 15 Minuten später noch nicht in Sicht, als der ältere Herr auf der

anderen Seite seine Waren nach dem Bezahlen in den fast transparenten Einkaufswagen schiebt.

Manchmal muss ich den Schmerz in der Wade einfach ertragen, sonst dauert mein Leben zu lange.

Fragwürdige Maskeraden

Ich lebe immer kurz vor der Detonation.
Neulich sitze ich nach einem Auftritt auf dem
Heimweg im Nachtbus. Ich habe vergessen,
mich abzuschminken und trage noch einen
dicken Kajalstrich um die Augen. Mir
gegenüber sitzt eine Frau undefinierbaren
Alters.

Sie: »Gott, Sie sehen ja furchtbar aus.«

Ich: »Meinen Sie mich?«

Sie: »Natürlich! Alle anderen sind doch
normal.«

Ich: »Ach guck, ich weiß nie, was normal
ist.«

Sie: »So wie sie aussehen, ist das auch klar!«

Ich: »Weil ich geschminkt bin?«

Sie: »Schlimm geschminkt! Sie machen den
Kindern Angst!«

Ich: »... wobei im Nachtbus auch sehr selten
Kinder unterwegs sind.«

Sie: »Aber andere Menschen haben auch
Angst!«

Ich: »Sie haben Angst vor mir?«

Sie: »Nein, für mich sehen Sie nur furchtbar
aus!«

Ich: »Und welche Menschen haben nun Angst?«

Sie: »Wenn jemand so rumläuft wie sie, dann hat so gut wie jeder Angst oder Ekel.«

Ich: »Naja, genaugenommen liegen wir optisch gar nicht so weit auseinander: Sie haben dunklen Kajal um die Augen, ich auch. Sie haben blaue Augen, ich auch. Allerdings benutzen Sie noch roten Lippenstift. Deswegen wirken Sie im Gegensatz zu mir vermutlich mehr wie ein Clown.«

Sie: »Sie müssen das nicht ins Lächerliche ziehen!«

Ich: »Das war gar nicht lustig gemeint, eher traurig.«

Sie: »Das passt zu Ihnen!«

Ich: »Klar, ich bin ja auch depressiv. Ihnen hingegen geht es wohl den ganzen Tag lang gut und deswegen möchten Sie nicht, dass sich andere auch so fühlen.«

Sie: »Ich habe nur gesagt, dass Sie furchtbar ...«

Ich: »... furchtbar aussehen, ich weiß. Und ich habe gesagt, dass wir uns vom Make-up nicht sonderlich unterscheiden.«

Sie: »Aber Sie sind ein Mann! Da wirkt das anders!«

Ich: »Schminke wirkt an Männern anders?«

Sie: »Ja!«

Ich: »Liegt es an der unterschiedlichen Haut?«

Sie: »Nein, am Geschlecht!«

Ich: »Aber mein Geschlechtsteil habe ich doch gar nicht geschminkt?«

Sie: »Ihr Gesicht sieht mit Schminke furchtbar aus, das ist es!«

Ich: »Und das liegt daran, weil ich ein Mann bin?«

Sie: »Endlich verstehen Sie es.«

Ich: »Und deswegen sollte ich mich lieber nicht schminken?«

Sie: »Langsam kommen Sie drauf. Der Hellste sind Sie ja nicht!«

Ich: »Nachts der Hellste zu sein, ist auch kein Vorteil. Da weckt man ja alle anderen auf.«

Sie: »Sie reden wirr.«

Ich: »Vielleicht ist das so. Aber ich glaube, ich verstehe jetzt auch, warum Frauen nicht denselben Lohn wie Männer bekommen. Geld wirkt bei Frauen nämlich anders, sie werden dümmer.«

Sie: »Sie sind ja bekloppt!«

Ich: »Nein, ich bin hundemüde und genervt von Menschen, die anderen ihre Vorurteile aufdrängen und wenn Frauen dafür kämpfen, dass sie gleichberechtigt bezahlt werden, dann kämpfe ich für die Gleichberechtigung der Männer beim Schminken.«

Sie: »Da gibt es doch gar keinen Zusammenhang!«

Ich: »Es hängt immer alles zusammen, das hat schon der große Fußballlehrer Dettmar Cramer gesagt: Sie können sich am Arsch ein Haar ausreißen, dann tränt das Auge.«

Die Frau hat sich anschließend lautstark beim Busfahrer über mich beschwert. Der Busfahrer gab ihr in allen Punkten recht und hat mich rausgeschmissen. Die restlichen zwei Kilometer musste ich dann mit der Gitarre und dem Auftrittskoffer zu Fuß erledigen. Eine Bande Jugendlicher wollte mich überfallen, aber als sie mich sahen, nahmen sie Reißaus.
Ich werde mich nach Auftritten in Zukunft abschminken.

Nashörner und Tiger

Ich lebe immer kurz vor der Detonation. Es herrscht gerade Dauerregen. Mein zweijähriger Sohn und ich laufen vor dem Mietshaus in Hamburg-Winterhude auf und ab. Wir wohnen im Erdgeschoss und haben es nicht so weit zur Straße. Er springt durch die Pfützen. Ich feuere ihn an und bejubele jeden Spritzer Wasser und Matsch. Dann steht plötzlich ein älterer Mann neben uns. Er muss so um die 35 sein, wirkt aber gedanklich sehr viel älter.

Er: »Entschuldigung, Ihr Sohn hat meinen Wagen bespritzt.«

Ich: »Oha. Was soll ich jetzt tun?«

Er: »Das hätten Sie sich vorher überlegen müssen, jetzt ist es zu spät.«

Ich: »Was genau?«

Er: »Der Schaden.«

Ich: »Der Schaden ist zu spät?«

Er: »Nein, der Schaden, den Ihr Sohn angerichtet hat!«

Ich: »Das Wasser an Ihrem Auto?«

Er: »Da waren Steine drin!«

Ich: »In Ihrem Auto? Wir haben sie nicht.«

Er: »In der Pfütze, Mensch! Verarschen kann ich mich allein.«

Ich: »Das hätte ich Ihnen nicht zugetraut.«

Der Mann inspiziert penibel das Auto, das ihm angeblich gehört. Mein Sohn guckt auch sehr interessiert.

Er: »Hier! Hier ist eine Beule!«

Ich: »Aha. Und diese Beule soll mein Sohn mit Wasser reingespritzt haben?«

Er: »Mit einem Stein!«

Ich: »Moment. Eben war es noch ein Bespritzen, jetzt hat mein Sohn Ihren Wagen gesteinigt?«

Er: »Er hat den Stein durch das Wasser aufgewirbelt!«

Ich: »Welchen Stein?«

Der ältere Mann zeigt auf einen mehr als faustgroßen Stein, der gut zwei Meter entfernt liegt.

Er: »Diesen Stein meine ich!«

Mein Sohn betrachtet den Stein mit derselben peniblen Intensität, mit der jener Mann seinen Wagen inspiziert hatte.

Ich: »Ich nehme mal an, Sie haben nicht Physik studiert?«

Der Mann ist für einen kurzen Moment sprachlos.

Ich: »Nur mal so als Tipp: Verdrängung, Trägheit der Masse und Gravitation – um ein paar Stichworte zu nennen. Für meinen Sohn wäre ein Attentat auf Ihren Wagen nur dann möglich, wenn er telepathische Kräfte hätte.«

Er: »Wollen Sie mir erzählen, dass ich mir die Beule nur einbilde?«

Ich: »Ich bin froh, dass ich nicht weiß, was Sie sich einbilden. Aber ich bin fest davon überzeugt, dass diese Beule nicht von meinem Sohn stammt, indem er einen Stein durch einen Sprung in die Pfütze gegen ihren Wagen geschleudert hat.«

Er: »Vielleicht nicht durch die Pfütze, aber vielleicht ist er dagegen gesprungen?!«

Mein Sohn meldet sich zu Wort: »Papa, können wir diesen riesigen Stein mitnehmen?«

Ich: »Klar, wir dürfen damit nur nicht wieder auf Autos werfen!«

Der Mann schnaubt laut auf.

Ich: »War nur ein Scherz. Aber es gibt sicher eine plausible Lösung, wie es zu der Beule im Kotflügel kam.«

Mein Sohn zeigt auf den Wagen und sagt: »Papa, ich glaube, das war ein Tiger!«

Ich: »Du hast recht, das ist diesem Zusammenhang die wahrscheinlichste aller Lösungen.«

Er: »Ihr Sohn ist altklug.«

Ich: »Sie sind hingegen nur alt.«

Er: »Ich verbitte mir solche Beleidigungen!«

Ich: »Das war eine Feststellung, daran lässt sich nichts ändern. So wie ich auch feststelle, dass Sie eine Beule, die Sie beim Aus- oder Einparken fabriziert haben, jetzt meinem Sohn anhängen wollen.«

Er: »Das können Sie gar nicht wissen.«

Ich: »Ich weiß ohnehin nicht viel, die Wissenschaft erweitert sich ja laufend. Aber sind Sie denn überhaupt sicher, dass das Wasser aus der Pfütze Ihren Wagen mit der entsprechenden Geschwindigkeit erreicht hat? Oder war es vielleicht der Regen, der aus östlicher Richtung kommend mit entsprechender Windunterstützung ihren Kotflügel verbeult hat? Können Sie genau bestimmen, woher das Wasser kam? Haben Sie eine Probe genommen? Konnten Sie den Stein als Beweisstück A bereits sicherstellen? Vielleicht wurde der Wagen auch durch die Strömung mitgerissen, ist nach einer

Weltumsegelung zufällig hier gestrandet und die Beule stammt vom Great Barrier Reef?«

Der Mann atmet schwer.

Wieder meldet sich mein Sohn zu Wort: »Papa, vielleicht war das ein Nashorn?«

Ich: »Genau! Sehen Sie, so löst sich alles auf. Fragen Sie mal im Zoo nach, ob Nashörner in Pfützen springen und Steine aufwirbeln. Wenn dann noch ein Tier fehlt, weil es gerade Freigang hatte, haben Sie Ihren Schuldigen.«

Der Mann ringt nach Luft.

Ich: »Entschuldigung Sie, dass wir uns für Ihre Beule jetzt keine Zeit mehr nehmen, aber ich möchte meinem Sohn noch beibringen, was Versicherungsbetrug ist. Falls Sie es doch auf eine Anzeige ankommen lassen wollen, lasse ich Ihnen gern meine Visitenkarte da. Mich würde sehr interessieren, was Ihre Versicherung sagt, wenn Sie den Totalschaden ihres Wagens in den Zusammenhang mit dem Spieltrieb eines Zweijährigen bringen.«

Bis hierhin lief alles gut. Was ich zu diesem Zeitpunkt noch nicht wusste: Dieser Mann war gerade dabei, das Haus zu inspizieren, in dem ich mit meiner Familie wohnte. Es war nicht der beste Start, um seinen neuen Vermieter kennenzulernen.

Ich wohne jetzt in Pinneberg.

Tierische Menschen

Ich lebe immer kurz vor der Detonation. Vor ein paar Tagen war ich im Bus mit dem fünfjährigen Sohn unterwegs. Plötzlich nimmt unsere Unterhaltung eine überraschende Wende.

Sohn: »Papa, guck mal: Die Frau sieht aus wie ein Tier.«

Ich: »Ich weiß jetzt nicht, wen du meinst. Aber ich finde es nicht richtig, wenn du andere Menschen mit Tieren vergleichst.«

Sohn: »Naja, sie sieht auch nur so halb wie ein Tier aus.«

Einige Menschen drehen sich nach uns um.

Ich: »Ob halb oder ganz, der Vergleich ist nicht angebracht. Wen meinst du denn nun eigentlich?«

Sohn: »Die Frau mit der komischen Jacke?«

Ich: »Irgendwie tragen doch viele komische Jacken.«

Sohn: »Naja, aber die Jacke von der Frau sieht doch aus wie ein Tier.«

Ich: »Welche denn nun?«

Sohn: »Papa! Guck doch mal hin: Die Jacke mit den Tierhaaren dran!«

Ich: »Ah, du meinst die Frau mit dem Pelzmantel?«

Sohn: »Pelzmantel, das klingt lustig.«

Ich: »Das heißt nun mal so.«

Die Frau mit dem Pelzmantel schielt zu uns herüber.

Sohn: »War das vorher denn mal ihr Haustier?«

Ich: »Keine Ahnung, die Menschen machen manchmal ja schon verrückte Sachen.«

Sohn: »Aber ein Hund oder eine Katze waren das sicher nicht!«

Neben uns kichert eine junge Frau.

Ich: »Vermutlich nicht.«

Sohn: »Aber was kann denn das für ein Tier gewesen sein?«

Ich: »Vielleicht ein Nerz?«

Sohn: »So ein Tier gibt es nicht.«

Ich: »Nur weil du es nicht kennst, heißt es nicht, dass es das nicht gibt.«

Sohn: »Also. Dann hatte sie so einen Nerz zu Hause, hat ihn getötet und daraus einen Mantel gemacht?«

Ich: »So ähnlich funktioniert das. Ich weiß natürlich nicht, ob sie das selbst gemacht hat. Da müsste man sie mal fragen.«

Sohn: »Das will ich nicht. Sonst macht sie aus mir noch einen Mantel.«

Einige Fahrgäste prusten laut los.

Ich: »Das würde ich der Frau nicht zutrauen, die ist bestimmt sehr freundlich.«

Sohn: »Ja, vielleicht...«

Ich: »Gut, dann lass uns einfach das Thema wechseln.«

Sohn: »Okay ... aber, Papa, weißt du, was lustig wäre? Wenn jetzt jemand die Frau erschlägt, weil er einen Pelzmantel haben will.«

Einige Menschen um uns herum kichern. Die Frau sieht mich strafend an, schüttelt den Kopf und geht auf uns zu.

Frau: »Darf ich Sie darauf hinweisen, dass sie beide Lederschuhe tragen? Ich will hier nicht Gleiches mit Gleichem vergelten, aber: Sie laufen vermutlich auf kleinen, toten Kälbern herum, die ihrer Mutter entrissen wurden. Haben Sie den Job selbst erledigt?«

Für einen Moment herrscht Totenstille im Bus. Mein Sohn sieht mich entsetzt an, dann guckt er auf seine und auf meine Schuhe.

Wir sehen die Frau an und lächeln verzweifelt. Dann starren wir wieder auf unsere Schuhe, als hätten wir sie noch nie gesehen. Anschließend steigen wir an der nächsten Haltstelle aus und besuchen ein Schuhgeschäft.

Das Schöne ist, dass mein Sohn und ich nicht nur den gleichen Humor haben, sondern auch dasselbe Schamgefühl.

Blockadebrecher

Ich lebe immer kurz vor der Detonation.
Ich bin Supermarkt mit dem Einkaufswagen
mal wieder planlos unterwegs. Mir fällt ein,
dass ich noch etwas vergessen habe. Ich
kehre um, doch nach wenigen Metern
versperrt mir eine ältere Frau mit ihrem
Einkaufswagen den Weg.

Sie: »Hier können Sie nicht durch!«

Ich: »Das ist nicht zu übersehen, aber ich
wüsste gern, warum.«

Sie: »Sie fahren in die falsche Richtung!«

Ich: »Erstens fahre ich nicht, sondern ich
schiebe. Zweitens gibt es hier keine
Richtung.«

Sie: »Es gibt immer eine Richtung, Sie
können ja auch nicht durch den Ausgang
reinkommen.«

Ich: »Mir schwant, dass bei Ihnen auch nicht
viel reingekommen ist. Darf ich dann bitte
vorbei?«

Sie: »Nein, das ist der Eingangsbereich!«

Ich: »Ich glaube, Sie verwechseln einen
Gang mit dem Eingang.«

Sie: »Wie bitte?!«

Ich: »Das ist ein Gang, ich darf hier gehen und schieben, wie ich möchte.«

Sie: »Aber nicht in diese Richtung!«

Ich: »Nur mal angenommen, ich hätte etwas vergessen ...«

Sie: »... dann müssten Sie eben noch mal reinkommen.«

Ich: »Ich bin doch noch gar nicht draußen.«

Sie: »Weil Sie den falschen Weg gehen!«

Ich: »Das ist ja etwas subjektiv, Sie Subjekt. Kennen Sie eigentlich den Unterschied zwischen Einzellern und Einbahnstraßen?«

Sie: »Kommen Sie mir jetzt nicht komisch.«

Ich: »Ich komme ja nicht mal vorbei.«

Frau winkt hektisch eine Angestellte heran.

Sie: »Das ist hier doch ein Durchgang für eine Richtung, oder?«

Angestellte lacht.

Ich lache.

Frau guckt ernst.

Ich: »Ich bin vom Fach: Vielleicht sollten Sie mit dem Programm auftreten, damit kommen Sie bestimmt ins Fernsehen.«

Die Angestellte lacht und geht.

Ich: »Ich meinte nicht Sie, ich meinte die Frau mit dem Einkaufswagen!«

Die Angestellte winkt und kichert.

Sie: »Ich bin im Recht! »

Ich: »Ich würde behaupten, Sie sind im Mittelpunkt.«

Sie: »Bitte?«

Ich: »Man glaubt, man ist im Recht, aber im Grunde will man nur im Mittelpunkt stehen. Das ist so ein FDP-Ding, bei denen kommt das häufiger vor. Dabei verliert man aus den Augen, dass die größte Gefahr hinter einem ist. Die Vergangenheit holt sie ein.«

Sie: »Wollen Sie mir drohen?«

Ich: »Nein, ich sehe nur, wie die Welt ist. Das ist eher philosophisch gemeint.«

Sie: »…das ist hier nicht die Welt, das ist der REWE-Markt.«

Ich: »… und Sie begreifen nicht, dass, selbst wenn Sie im Recht wären, ein kleiner Schritt das Problem lösen könnte – so wie überall in der Welt.«

Sie: »Sie können umdrehen!«

Ich: »Ich kann hier auch mein Zelt aufschlagen. Oder ich gehe in Zeitlupe vor Ihnen her. Ich kann viele Dinge, ich kann nur nicht vorbei, Gandalf.«

Sie: »Wer ist Gandalf?«

Ich: »Auch so ein Sturkopf, der niemanden vorbeilassen wollte. Und dann musste er einen sehr großen Umweg gehen, bis er plötzlich in einem Supermarkt ankam.«

Sie: »Und das soll ich Ihnen glauben?«

Ich: »Mir wäre es lieber, wenn Sie mich durchließen. Das Sinnvollste ist es aber, wenn ich einfach nur warte. Die Zeit löst viele Probleme…«

Sie: »Ich habe genug Zeit, ich kann…«

Hinter der Frau macht sich ein Paar bemerkbar.

Ich: »Wie ich schon sagte: Die größte Gefahr liegt immer hinter Ihnen.«

Sie (zum Paar): »Ich kann nicht weiter, dieser Mann versperrt den Weg.«

Ich: »Sehen Sie, das meinte ich: Irgendwann holt Sie die Vergangenheit ein und dann geht alles seinen Gang – auch in diesem Gang.«

Das Paar schiebt sich etwas rücksichtslos und gewaltsam an der Frau vorbei, ich nutze die entstandene Lücke, um ebenfalls vorbeizugehen.

Ich: »Die Welt ist voller Einbahnstraßen, die auch anders genutzt werden können, wenn man mal die Schranken im Kopf öffnet. Nur so als Tipp. Vielleicht sehen wir uns ja an der Kasse wieder, wenn ich vor Ihnen stehe und mein Kleingeld abzähle.«

Ich habe diese Frau nie wieder getroffen, weil ich seitdem nicht mehr in Supermärkten umdrehe. Manchmal ist Konfliktvermeidung die beste aller Lösungen.

Ich wusste nicht, dass seltsame Menschen eine Rasse sind – aber ich nehme die Kategorie gern auf und schlage sie der UNESCO vor.

Der Urinator

Ich lebe immer kurz vor der Detonation. Gestern Vormittag in der U3 Richtung Landungsbrücken. Ich sehe aus wie immer, mir gegenüber sitzt ein junger Mann mit einer Bierdose in der Hand, aus der er trinkt.

Er: »Guck woanders hin!«

Ich: »Entschuldigung?«

Er: »Nuschel ich?«

Ich: »Nein-nein, ich wusste nur nicht, dass Gucken verboten ist.«

Er: »Glotz mich einfach nicht an!«

Ich: »Naja, ich gucke mir oft Menschen an, die ich seltsam finde.«

Er: »Das ist Rassismus, Alta!«

Ich: »Ich wusste nicht, dass seltsame Menschen eine Rasse sind – aber ich nehme die Kategorie gern auf und schlage sie der UNESCO vor.«

Er: »Du weißt genau, was ich meine!«

Ich: »Ich glaube, wir denken aneinander vorbei.«

Er: »Wenn du Ärger willst, kannste haben!«

Ein paar Umherstehende nehmen Abstand.

Ich: »Amüsanterweise wird mir Ärger oft angeboten, ich lehne aber dankend ab.«

Er: »Dann. Guck. Weg!«

Ich: »Mein Vorschlag: Ich gucke weg und Sie hören auf, hier Bier zu trinken.«

Der Mann sieht mich wütend an.

Er: »Du bist nicht die Polizei! Ich entscheide allein, was ich mache.«

Ich: »Ja, ich bin nicht die Polizei, solche Kleinigkeiten sollten Menschen einfach so regeln können – weil es Grundregeln gibt, an die sich alle halten müssen. Sie können auch bei Rot über die Straße gehen und sich über-fahren lassen oder bei der Steuererklärung mogeln und sich erwischen lassen, aber wenn andere darunter leiden müssen, dann ...«

Er: »Alkohol ist erlaubt, Alta!«

Ich: »Immer, das Zeug ist komplett legal. Nur das Trinken in der U-Bahn nicht. Deswegen gibt es Schilder, die darauf hinweisen, keinen Alkohol zu trinken. Zumal hier Kinder sind, was auch einer der Gründe für das Alkohol- und Zigarettenverbot ist.«

Er: »Ich lasse mir gar nichts verbieten!«

Ich: »Verstehe ich. Deswegen habe ich mir angewöhnt, andere Menschen anzupinkeln. Lasse ich mir auch nicht verbieten.«

Ich stehe auf und nestele umständlich an meiner Hose herum.

Er: »Dafür gibt's Toiletten!«

Ich: »Pinkeln ist erlaubt, Alta!«

Er: »Aber nicht so!«

Ich: »Das entscheide ich selbst.«

Einige Menschen kichern.

Er: »Das gibt 'ne Anzeige!«

Ich: »Die Auswertung der Videobilder wird ein Fest. Ein Mann, der Alkohol trinkt, zeigt einen Mann an, der seine Hose anfasst. Ich freue mich auf den Richterspruch.«

Der Mann springt auf und geht zum Türbereich. Er nimmt noch einen tiefen Schluck aus seiner Bierdose und verlässt die U-Bahn.

Vielleicht war mein Handeln übertrieben. Auf der anderen Seite gibt es Regeln, die einen vernünftigen Hintergrund haben. Während des Schreibens trank ich übrigens Whisky, saß aber zu Hause. In einem nachgebauten Abteil der U3.

Im Erdgeschoss habe ich eine Toilette.

*Bezeichnen Sie mich einfach
als den Gandhi der Gehwege.*

Wenn keiner guckt

Ich lebe immer kurz vor der Detonation. Eben stehe ich noch an der Fußgängerampel, die für mich Grün zeigt, weshalb ich die Straße überquere. Von links fährt mich ein Fahrradfahrer an. Wir liegen beide auf dem Boden.

Ich: »Aua!«

Er: »Penner, pass' doch auf!«

Ich: »Aua. Ich habe immer aufgepasst, bis auf das eine Mal, da wurde ich Vater.«

Er: »Mann! Im Straßenverkehr, Idiot! Ich habe Vorfahrt! Mach' die Augen auf.«

Ich: »Die sind offen.«

Er: »Bevor du auf die Straße gehst, Mann!«

Ich: »Hatte ich gemacht: Ich konnte das grüne Licht sehen.«

Er: »Na und? Der Fahrradweg ist was anderes.«

Ich: »Etwas anderes? Sie meinen außerirdisch und nicht einzuordnen?«

Er: »Die Ampel gilt nicht für den Fahrradweg!«

Ich: »Naja, dafür muss man auch den Fahrradweg benutzen.«

Mittlerweile stehen ein paar Menschen um uns herum, zwei Autofahrer sind ausgestiegen.

Er: »Ich WAR auf dem Fahrradweg... «

Ich: »Nee-nee, Kollege... der ist hier rot gepflastert und befindet sich neben dem Fußweg. Sie waren auf der Straße, was dann gar nicht erlaubt ist. Nur mal so für alle Korinthenkacker, die noch was loswerden wollen.«

Einige der Umstehenden lachen.

Er: »Alter! Ich glaube, ich spinne: Mein Rad ist kaputt!«

Ich: »Ja, ich dachte gleich, Sie hätten wohl ein Rad ab.«

Er: »Was?«

Ich: »Nicht so wichtig und nur Spaß. Sie sind bestimmt haftpflichtversichert und können meinen körperlichen Unfallschaden adäquat begleichen?«

Er: »Bist du Anwalt?«

Ich: »Brauchen Sie einen? Damit kann ich nicht dienen. Ich bin nur der verletzte Fußgänger, der vermutlich Schmerzensgeld bekommt.«

Ich zeige auf den Blutfleck an meiner Hose.

Er: »Du hast mein Rad zerstört, ich zahle gar nichts!«

Ich: »Naja, wenn man über eine rote Ampel fährt, wird das schwierig mit der Verweigerung von Zahlungen.«

Er: »Das war alles zulässig!«

Ich: »Eine rote Ampel ist eine rote Ampel, gibt hier ja auch ein paar Zeugen.«

Er: »Wenn keiner guckt, kann ich das trotzdem machen.«

Ich: »Ach so. Wenn keiner guckt. Klar. Wenn jetzt bitte mal alle weggucken würden, ich habe meine Pistole mit dabei.«

Er: »Was?«

Ich: »Meine Pistole. Das geht alles ganz schnell und schmerzlos. So ein Kopfschuss ist ja eine finale Angelegenheit. Und wenn keiner guckt ...«

Einige der Anwesenden drehen sich tatsächlich schmunzelnd ab.

Er: »Das ist nicht erlaubt, Sie können nicht ...«

Ich: »Nein, erlaubt ist das nicht. Aber wenn keiner guckt, kann man das doch mal machen. Haben Sie gerade selbst gesagt. Wir können das auch abkürzen: Wir tauschen unsere persönlichen Daten aus und dann

regeln das die Versicherungen und Anwälte.
Ein bisschen Schmerzensgeld steht mir sicher
zu, auch wenn es sehr lustig mit Ihnen war.
Lachen ist ja gesund.«

Kurz darauf trafen zwei Uniformierte ein und
regelte sowohl den Zwischenfall als auch den
stockenden Verkehr. Vielen Dank an die
Twingo-Fahrerin und beste Grüße an den
Radfahrer, der namentlich hier nicht genannt
wird. Nur für den Fall, dass einer guckt.
Es kann in diesem Fall auch sein, dass ich ein
paar Worte verdreht habe. Unter diesen
schmerzhaften Umständen konnte ich mir
nicht alles ganz genau merken. Man sollte da
nicht so genau hingucken.

Schmaler Grat

Ich lebe immer kurz vor der Detonation.
Vorgestern bin ich auf dem Fahrradweg
unterwegs. Ein bulliger Mann parkt seinen
bulligen, tiefschwarzen SUV sehr forsch quer
über Fuß- und Fahrradweg und steigt
gelassen aus.

Ich: »Hallo? Entschuldigung! Aber ich
glaube, das Parken ist hier etwas ungünstig.«

Er: »Hä?«

Ich: »Interessanter Dialekt.«

Er: »Was willst du?!«

Ich: »Ich wollte Sie darauf hinweisen, dass
Sie mit Ihrem Wagen Fuß- und Gehweg
blockieren.«

Er: »Fresse! Da ist genug Platz!«

Ich: »In Ihrem Kopf ganz sicher, aber auf
dem Bürgersteig keineswegs.«

Er: »Bist du von der Polizei? Nein? Dann
verschwinde!«

Ich: »Nur für den Fall, dass ich wirklich von
der Polizei bin, ist das ein ungünstiger
Gesprächseinstieg.«

Er: »Was nun?«

Ich: »Der von Ihnen gewählte Parkplatz dürfte Probleme verursachen.«

Er: »Ach, laber nicht rum!«

Ich: »Ich bin nur höflich.«

Er: »Klugscheißer! Ich will nur kurz zur Post, dann bin weg – alles klar?«

Ich: »Alles klar? Nein, niemals. Aber: Kurz zur Post? Das ist ein Paradoxon.«

Er: »Mann, du gehst mir auf den Sack!«

Ich: »Das mit dem Schlepphoden tut mir leid. Aber: Wäre es nicht besser, wenn Sie Ihren Wagen auf der Straße parkten?«

Er: »Alter! Dann behindere ich den Verkehr!«

Ich: »Fußgänger und Radfahrer sind kein Verkehr?«

Er: (lacht gehässig) »Was soll das sein? Gehwegverkehr?«

Ich: »Schönes Wort! Damit wäre das Problem dann gelöst.«

Der Mann schiebt sich an seinem Wagen vorbei und drückt sich an mir vorbei.

Ich: »Mit ‚gelöst' meinte ich, dass Sie Ihren Wagen umparken.«

Er: (baut sich drohend vor mir auf) »Du hast keine Lust auf dein Leben?«

Ich: »Nein, ich bin depressiv und suche Streit mit Parkplatz-Mördern, um als Märtyrer zu enden. Bezeichnen Sie mich einfach als den Gandhi der Gehwege.«

Er: »...«

Ich: »Haben Sie denn überhaupt mal geguckt, was weiter hinten auf der Straße los ist?«

Er: »Lass mich jetzt in Ruhe!«

Ich: »Wissen Sie, ich will Ihnen doch nichts Böses. Ihr Parkverhalten ist nur so katastrophal, dass niemand an Ihrem Auto vorbeikommt und das ist gefährlich.«

Er: »Ich bin gerade dran vorbeigekommen!«

Ich: »Sie haben weder einen Kinderwagen noch ein Fahrrad. Wenn ich mich da vorbeischiebe, zerkratze ich den Lack Ihres Wagens.«

Er: »Die andere Seite ist doch frei!«

Ich: »Entschuldigen Sie, ich wusste nicht, dass Sie an der anderen Seite ein so starkes Interesse haben. Homosexualität ist heute zum Glück kein Tabu mehr.«

Er: »Bist du blöd? Du sollst auf die andere Seite!«

Ich: »Oh, ich bin mit einer entzückenden Dame verheiratet, solche Eskapaden liegen weit hinter mir.«

Er: (wedelt mit den Armen und dreht sich um) »Arsch!«

Ich: »Ich meine es nur gut, ehrlich.«

Er: »Verpiss dich!«

Ich meinte es wirklich gut. Denn weiter unten schleppten sie gerade zwei Falschparker ab. Acht Minuten später hing der SUV in den Seilen, drei Minuten später war der Abschleppwagen mit dem schwarzen Cayenne nicht mehr zu sehen. Weitere sieben Minuten später kam der bullige Herr von der Post zurück, es hatte wohl doch etwas länger gedauert. Das konnte ich von meinem Fahrrad nur aus der sicheren Entfernung verfolgen.

Der Abholschein

Ich lebe immer kurz vor der Detonation. Vergangene Woche trete ich an den Kundenschalter in der Postfiliale. Die Ausgangslage ist kompliziert.

Ich: »Guten Tag, ich möchte ein Paket abholen und eine Beschwerde abgeben.«

Er: »Haben Sie einen Abholschein?«

Ich: »Sehen Sie, da haben wir das Problem: Lassen Sie uns erst einmal mit der Beschwerde starten.«

Er: »Warum?«

Ich: »Ich habe keinen Abholschein.«

Er: »Haben Sie ihn nicht dabei?«

Ich: »Nein, ich habe keinen bekommen.«

Er: »Woher wissen Sie das?«

Ich: »Interessante Frage. Ich glaube es hängt damit zusammen, dass ich keinen Abhol-schein bekommen habe.«

Er: »Sehr witzig.«

Ich: »Vielleicht ist das für Angestellte der Post witzig, mein Humor endet beim Briefkasten. Ich habe weder einen Abholschein, noch habe ich ein Paket. Obwohl ich permanent zu Hause war, um die Sendung entgegenzunehmen.«

Er: »Sie sind arbeitslos?«

Ich: »Nein, Künstler.«

Er: »Ist dasselbe.«

Ich: »Äh, gut. Könnten wir zu meiner Beschwerde zurückkommen?«

Er: »Welche Beschwerde?«

Ich: »Ihr Kollege missachtet meine Klingel.«

Er: »Woher wollen Sie das wissen?«

Ich: »Weil ich meine Pakete immer bei Ihnen abholen muss.«

Er: »Geben Sie doch einen Wunschnachbarn an, falls Sie mal nicht zu Hause sind.«

Ich: »Ich habe mich selbst als Wunschnachbarn angegeben, weil ich immer zu Hause bin. Und obwohl ich immer da bin, klingelt es bei mir nicht, weil ihr Kollege meine Klingel missachtet.«

Er: »Vielleicht ist die Klingel kaputt?«

Ich: »Der Pizzabote kann damit umgehen.«

Er: »Sie haben als Künstler noch Geld für Pizza?«

Ich: »Nein, ich bin der Lieferdienst-Wunschnachbar für meinen Nachbarn.«

Er: »Aha. Vielleicht liegt ihr Paket beim Nachbarn?«

Ich: »Läge mein Paket beim Nachbarn, dann hätte ich doch trotzdem eine Benachrichtigung bekommen müssen. In meinem Briefkasten war aber nichts, den missachtet ihr Kollege auch.«

Er: »Woher wissen Sie denn überhaupt, dass das Paket angekommen ist?«

Ich: »Total verrückte Geschichte: Es gibt eine Internetseite, die den Lieferstatus protokolliert.«

Er: »Sie meinen Hermes? Dann sind Sie hier falsch.«

Ich: »Das gibt es auch für DHL-Pakete.«

Er: »Und das funktioniert?«

Ich: »Meistens. Aber noch mal zu meiner Beschwerde: Nachweislich ist Ihr Kollege nicht imstande, die simpelsten Grundlagen der Paketzustellung umzusetzen und ich habe daher folgenden Vorschlag: Sie händigen mir erstens jetzt das Paket aus und zweitens exekutieren Sie Ihren Kollegen. Oder Sie lassen das von ihrem Sicherheitsdienst machen.«

Er: »Haha. Das Paket können Sie ...«

Ich: »Verstehen Sie mich nicht falsch, ich meine das ernst: Ich habe aufgrund der Beschwerden von Postzustellern mehrfach umziehen müssen, und falls Sie den Job nicht übernehmen, kann ich so eine Hinrichtung auch selbst durchführen. Aber ich kann mir denken, dass Sie das lieber intern regeln möchten.«

Er: »Wollen Sie mir drohen?«

Ich: »Ihnen? Nein, Sie machen hier doch einen guten, humorlosen Job. Und Ihrem Kollegen drohe ich auch nicht, ich werde ihn nur beseitigen, das ist ein Unterschied. Anschließend kann es jemand anderes besser machen. Oder es zumindest versuchen. Paketzusteller wechseln ja häufig. Und...«

Er: »Ja?«

Ich: »Holen Sie mir jetzt bitte noch mein Paket?«

Kurz darauf kam der Mann mit dem Paket zurück und lächelte glückselig. Er hat mir dann erklärt, dass ich bei der Bestellung auch die richtige Adresse angeben muss. Mit der falschen Hausnummer könne man mir nichts zustellen. Es sei der Kulanz des Zustellers zuzuweisen, dass ich mein Paket hier abholen konnte und es nicht zurück an den Absender ging.

Zuhause angekommen habe ich außerdem festgestellt, dass meine Klingel nicht funktioniert. Der Pizzabote klopft immer an der Tür, der kennt das Problem.

Mitgliedssache

Ich lebe immer kurz vor der Detonation.
Vor wenigen Minuten führte ich ein Telefonat
mit einigen Mitarbeitern der GEMA,
Bezirksdirektion Wiesbaden.

Erster Anruf 9.01 Uhr.
Ich: »Guten Tag, ich hätte gern Frau XXX
gesprochen.«

GEMA: »Tut mir leid, die beginnt erst später
mit der Arbeit.«

Ich: »Wann kann ich sie erreichen?«

GEMA: »Wenn Sie ganz sicher sein wollen,
dann ab 11 Uhr.«

Ich: »Danke.«

Zweiter Anruf. 12.44 Uhr

Ich: »Guten Tag, ich hätte gern Frau XXX
gesprochen.«

GEMA: »Kann Ihnen auch jemand anderes
weiterhelfen?«

Ich: »Keine Ahnung, am liebsten helfe ich
mir selbst.«

GEMA: »Haben Sie denn eine
Kundennummer für mich?«

Ich: »Gute Güte, nein! Es geht um eine Rechnung, die …«

GEMA: »Ah, eine Rechnung. Moment, ich verbinde Sie.«

Ich: »Danke.«

Düdelüdelüdelüdelüdelüdelüdülülülüdelü …

GEMA: »Hallo, mein Name ist XXX.«

Ich: »Hallo, mein Name ist Armin Sengbusch.«

GEMA: »Worum geht es?«

Ich: »Sie treiben in meinem Namen Geld ein, aber ich bin nicht Mitglied der GEMA.«

GEMA: »Haben Sie vielleicht GEMA-pflichtige Musik gespielt?«

Ich: »Selbst, wenn ich es getan hätte, wäre ich deswegen doch kein Mitglied der GEMA?«

GEMA: »Nein. Haben Sie denn eine Kundennummer für mich.«

Ich: »Nein, ich bin kein Mitglied der GEMA. Aber ich habe den Betreff-Code einer E-Mail, der lautet XXX.«

GEMA: »Danke, hier habe ich etwas. Ja, es geht um die Veranstaltung in Trier?«

Ich: »Richtig.«

GEMA: »Und wenn der Veranstalter keine Liste mit den gespielten Liedern abgegeben hat, dann …«

Ich: »Entschuldigung, aber ich bin kein Mitglied der GEMA.«

GEMA: »Grundsätzlich sind unsere Mitarbeiter erst einmal im Recht, wenn sie …«

Ich: »Entschuldigung, wenn ich Sie erneut unterbreche: Ich. Bin. Nicht. Mitglied. Der. GEMA.«

GEMA: »Ja, aber wenn es keine Liste mit den gespielten Liedern …«

Ich: »Noch einmal Entschuldigung: In der E-Mail Ihrer Mitarbeiterin wird behauptet, ich sei Mitglied der GEMA und das ist dann auch die Grundlage, um eine Rechnung zu stellen. Wie kommen Sie darauf.«

GEMA: »Das kann ich Ihnen auch nicht sagen.«

Ich: »Spannend. Können Sie mir sagen, wie oft Sie schon in meinem Namen Geld eingetrieben haben?«

GEMA: »Wenn Sie GEMA-pflichtiges Material ...«

Ich: »Ich mache meine eigene Musik, vielen Dank. Und selbst wenn ich fremdes Liedgut spielte, dann wäre das kein Grund, mich in der GEMA zu führen.«

GEMA: »Was wollen Sie denn jetzt von uns?«

Ich: »Lassen Sie den Veranstalter in meinem Namen in Ruhe.«

GEMA: »Der Veranstalter ist verpflichtet, eine Liste mit den gespielten ...«

Ich: »Entschuldigung, dass ich Sie erneut unterbreche, aber von einer Liste ist in der E-Mail keine Rede, es wird lediglich behauptet, ich, Armin Sengbusch, sei Mitglied der GEMA. Und dieser Name gepaart mit dem Geburtsdatum ist in Deutschland einmalig. Würden Sie bitte mal überprüfen, warum und wie ich bei Ihnen Mitglied sein soll?«

GEMA: »Das kann nur in München ...«

Ich: »Okay, dann lassen Sie mich doch jetzt mal außen vor und die Veranstaltung in Trier auch.«

GEMA: »Wenn der Veranstalter eine Liste mit ...«

Ich: »Wissen Sie, das können Sie dem Veranstalter ja gern schreiben, aber ich bin nicht Mitglied der GEMA. Falls doch, bekomme ich aufgrund der Auftritte in den vergangenen 15 Jahren noch so ungefähr 24.000 Euro von Ihnen.«

GEMA: »Das müssten Sie dann erst einmal…«

Ich: »Ja, das dachte ich mir. Aber ich kann Sie beruhigen, ich bin KEIN Mitglied der GEMA. Bitte beachten Sie das bei Ihren Rechnungsstellungen in Zukunft.«

GEMA: »In Ordnung. Mit wem habe ich jetzt gesprochen?«

Ich: »… immer noch mit Armin Sengbusch, der kein GEMA-Mitglied ist.«

GEMA: »Den Namen hatte ich mir nicht gemerkt.«

Ich: »Die Menschen, die bei Ihnen E-Mails schreiben, scheinen ihn zu kennen. Schönen Tag noch.«

1. Warum ich GEMA-Mitglied sein soll, weiß ich immer noch nicht.
2. Warum GEMA-Mitarbeiter erst einmal immer im Recht sind, weiß ich auch nicht.
3. Mein Name ist Armin Sengbusch.

Nachsatz: Mittlerweile bin ich Mitglied der GEMA, weil ich auch etwas von dem Geld möchte, dass ich nie erwirtschaftet habe.

Ganz weit vorn

Ich lebe immer kurz vor der Detonation. Gestern Mittag bin ich auf dem Parkplatz des Supermarktes meines Vertrauens. Ein Mann mit Sonnenbrille steigt aus seinem auf Hochglanz polierten Edel-Schwergewicht.

Ich: »Entschuldigung Sie bitte, mich würde interessieren, ob Sie Sport treiben?«

Er: »Machen Sie eine Umfrage?«

Ich: »Es ist mehr eine Studie.«

Er: »Aha.«

Ich: »Und wie ist das nun Ihnen und mit dem Sport?«

Er: »Ich spiele Tennis und Golf.«

Ich: »Oha, topfit vermute ich.«

Er: »So ziemlich.«

Ich: »Haben Sie vor, einen Großeinkauf zu tätigen?«

Er: »Der normale Wahnsinn zum Wochenende.«

Der Mann zückt einen großen Einkaufszettel und deutet darauf.

Ich: »Ah, ich verstehe. Und warum haben Sie gerade diesen Parkplatz gewählt?«

Er: »Weil er weit vorn ist und ich nicht weit laufen muss.«

Ich: »Obwohl Sie so gut zu Fuß sind?«

Er: »Mann-Mann, Sie nerven! Ich will einkaufen!«

Ich: »... und Zeit ist ja bekanntlich Geld.«

Er: »Richtig. Darf ich vorbei?«

Ich: »Immer, Sie müssten nur körperlich imstande sein, um mich herumzugehen.«

Er: »Na dann...«

Ich: »Ich frage deswegen nach dem Parkplatz, weil er für Behinderte ist.«

Er: »Ich sehe keinen Behinderten.«

Ich: »Dafür sehen Sie aus wie Stevie Wonder. Und der dürfte zumindest hier parken. Wenn er Auto fahren könnte. Und in Hamburg leben würde. Und zum Supermarkt wollte.«

Er: »Ist das hier versteckte Kamera?«

Ich: »Leider nicht, sonst hätten viel mehr Menschen Freude.«

Er: »Wollen Sie mich verarschen? Ich kann auch die Polizei rufen!«

Ich: »Für eine Selbstanzeige? Wie edelmütig.«

Er: »Und Sie sind der Retter der Behinderten?«

Ich: »Nein, ich frage einfach nur nach, warum Sie etwas machen, das ich nicht verstehe.«

Er: »Und riskieren Prügel!«

Ich: »Sie rufen doch die Polizei, mir passiert schon nichts.«

Er: »Soll ich jetzt den Wagen umparken oder wie?«

Ich: »Sie sollen gar nichts, Sie entscheiden alles selbst. Ich wollte nur wissen, warum Sie da parken.«

Er: »Das geht Sie nichts an.«

Ich: »Nein, mich nicht. Aber den Mann von der Parkplatz-Aufsicht dahinten vielleicht.«

Er: »Und? Dann kriege ich eben ein Ticket, das juckt mich nicht!«

Ich: »Ach, das Geld ist Ihnen egal? Das wusste ich nicht! Entschuldigung, dann sind Sie einer der führenden Investoren des Parkplatzes. Wenn ich das vorher gewusst hätte, dann hätte ich Ihnen keine Hilfe angeboten.«

Er: »Ich brauche auch keine Hilfe von Ihnen! Vielen Dank!«

Ich: »Niemals, Sie sind ja auch topfit.«

Der Mann schüttelt den Kopf und macht sich auf den Weg in den Supermarkt.

Vielleicht bin ich kleinkariert, aber ein paar Minuten später fand ein Herr mit einem blauen Ausweis in der Scheibe keinen Parkplatz mit ausreichend Platz.

Der private Parkplatz-Dienst, der die Tickets verteilt und das Abschleppunternehmen arbeiten auf dem Supermarktparkplatz Hand in Hand. Und das Abschleppunternehmen arbeitet extrem zügig und effektiv. Ich habe mich also auf die kleine Bank vor den Supermarkt gesetzt und mir das Spektakel in aller Ruhe angesehen. Wie der Abschleppwagen kam, das noble Auto vorsichtig auf die Ladefläche hob und sich dann auf den Weg zur Aufbewahrungsfläche machte.

Der Mann war tatsächlich topfit, denn die ersten 100 Meter lief er noch hinter dem Abschleppwagen her. Ohne den vollen Einkaufswagen. Der rollte ganz seelenruhig auf einen Kleinwagen zu.

Was ich nicht wusste: Der Mann hatte eine Tochter, die im Alter meines Sohnes war. Das habe ich beim nächsten Elternabend erfahren.

Fast privat

Ich lebe immer kurz vor der Detonation. Vergangene Woche ein Anruf beim Arzt, weil es notwendig war.

Ich: »Guten Morgen, mein Name ist Armin Sengbusch und ich hätte gern einen Termin.«

Sie: »Gern, wie ist ihr Name?«

Ich: »Äh. Armin Sengbusch.«

Sie: »Waren Sie schon mal bei uns?«

Ich: »Sehen Sie das nicht in Ihrem Computer?«

Sie: »Nur, wenn ich Ihren Namen eingebe.«

Ich: »Ah, okay, das ist natürlich kompliziert. Nein, ich bin das erste Mal da.«

Sie: »Was haben Sie denn?«

Ich: »Ich bin arm, ich habe nichts.«

Sie: »Nein, ich möchte wissen, was Sie zu uns bringt.«

Ich: »Mein Fahrrad.«

Sie: »Nein, warum Sie zu uns wollen.«

Ich: »Es liegt an meiner schlechten Gesundheit, deswegen komme ich.«

Sie: »Und die Diagnose?«

Ich: »Keine Ahnung, ich bin kein Arzt. Deswegen will ich zu Ihnen, weil ich wissen möchte, was das für Beschwerden sind, die ich habe.«

Sie: »In Ordnung. Dann kann ich Ihnen … Moment … einen Termin im Mai anbieten.«

Ich: »Im Mai? In sechs Monaten?«

Sie: »Ja.«

Ich: »Sterben bei Ihnen auch Menschen, bevor Sie einen Termin wahrnehmen können?«

Sie: »Haben Sie eine Überweisung?«

Ich: »Nein, ist das wichtig?«

Sie: »Wenn Sie eine Überweisung haben, dann könnten Sie eventuell schon im März einen Termin bekommen.«

Ich: »Moment! Ich muss zu einem anderen Arzt gehen und noch mehr Kosten verursachen, um schneller dranzukommen?«

Sie: »Es tut mir leid, aber ...«

Ich: »Es ist schon eine Schande, wie Sie mit Privatpatienten umgehen.«

Sie: »Oh, Entschuldigung, Sie sind Privatpatient. Können Sie heute um 10 Uhr?«

Ich: »10 Uhr passt mir prima.«

Zeitsprung. Zwei Stunden später stehe ich am Anmeldetresen des Arztes.

Ich: »Hallo, mein Name ist Armin Sengbusch und ich habe einen Termin um 10 Uhr.«

Sie: »Wie ist denn Ihr Name?«

Ich: »Ah, Sie sind das. Ich heiße Armin Sengbusch.«

Sie: »Ah, ja, Sie sind das.«

Ich: »Richtig. Sie brauchen bestimmt meine Versichertenkarte?«

Sie: »Ja. Und Sie müssen bitte noch dieses Formular ausfüllen.«

Ich: »Klar, soll ich mich ...«

Sie: »Moment! Sie sind ja gar nicht privat versichert!«

Ich: »Ich? Nein! Habe ich nie behauptet.«

Sie: »Aber Sie haben ...«

Ich: »Richtig, ich habe einen Termin um 10 Uhr. Jetzt fülle ich das Formular aus und gebe es Ihnen dann zurück. Vielen Dank für Ihre Kooperation!«

Zugegeben, das klappt immer nur beim ersten Mal, aber wenn man schon mal beim Arzt ist, hilft so ein Termin ungemein. Klar, die Dame am Empfang kann nichts dafür, dass das System so lächerlich ist, aber ich kann auch nichts dafür. Und sollte ich irgendwann mal privat versichert sein, dann werde ich zum Ausgleich immer behaupten, dass ich Kassenpatient bin.

Was ich nicht wusste: Die Ärztin findet es nicht so witzig, wenn man sich auf diese Weise einen Termin erschleicht. Meinen Folgetermin hatte ich im Mai des übernächsten Jahres.

Hilfsbereit

Ich lebe immer kurz vor der Detonation.
Gestern vor dem Supermarkt. Ein junger
Mann nestelt an seinem Fahrrad herum, ich
stelle mich daneben.

Ich: »Oh Mann, das sieht ja kompliziert aus.«

Er: »Geht so.«

Ich: »Als Fahrradfahrer sollte man immer das
richtige Werkzeug dabeihaben.«

Er: »Niemand mag Klugscheißer.«

Ich: »Das sagen alle dummen Menschen.«

Er: »Selber dumm.«

Ich: »Ganz sicher. Ich hätte zum Beispiel
auch keine Ahnung, wie man so ein Fahrrad
repariert.«

Er: »Ich repariere nichts.«

Ich: »Was machen Sie dann?«

Er: »Wonach sieht's denn aus?«

Ich: »Nach Reparieren, das hat das Fahrrad
sicher nötig.«

Er: »Ich repariere nichts, das Schloss
klemmt.«

Ich: »Ah, okay. Und die Kette ist ja ziemlich
fett, die kriegt man wohl nicht so einfach
durch.«

Er: »Nee.«

Ich: »Und das Schloss lässt sich nicht öffnen?«

Er: »Nein, sonst wäre ich ja schon längst weg!«

Ich: »Wie gesagt: Man braucht gutes Werkzeug, das hat mein Opa schon gesagt.«

Er flucht, ich hole eine Tüte Gummibären aus meinem Rucksack.

Ich: »Vielleicht eine kleine Stärkung?«

Er: »Nein, Danke!«

Ich: »Dann nicht. Brauchen Sie vielleicht Hilfe bei dem Schloss? Ich habe viele Detektivromane gelesen.«

Er: »Nein, ich kriege das schon hin!«

Ich: »Gutes Werkzeug. Habe ich wohl schon mal gesagt. Mit so einer Fummelei wird das auf Dauer nichts.«

Er: »Hauen Sie einfach ab!«

Ich: »Kein Grund, so unfreundlich zu sein! Ich wollte nur helfen.«

Er: »Kann ich drauf verzichten!«

Ich: »Ja, das merke ich auch. Trotzdem würde ich mir gern mal das Schloss ansehen.«

Er: »Warum das denn!?«

Ich: »Weil ich den Schlüssel dafür habe und wissen will, ob er noch passt.«

So schnell, wie der junge Mann laufen konnte, brauchte der gar kein Fahrrad. Und schon gar nicht meines. Einige Dinge kann man mit Freundlichkeit auch viel besser erledigen. Und mein Schloss und meine Kette haben den ersten Belastungstest bestanden.

Nicht laut werden,
ich spreche dieselbe Sprache.

Mobil ist nicht gleich mobil

Ich lebe immer kurz vor der Detonation.
Ich bin im erweiterten öffentlichen
Personennahverkehr unterwegs, der sich
scherzhaft ÖPNV nenne. Eine
Fahrkartenkontrolle steht an. Ich halte mein
Handy hoch.

Sie: »Sie hätten das ausdrucken müssen.«

Ich: »Mein Telefon?«

Sie: »Die Karte.«

Ich: »Das ist ein Mobilticket.«

Sie: »Sie hätten das ausdrucken müssen!«

Ich: »Das ist ein Mobil-Telefon.«

Sie: »Das sehe ich.«

Ich: »Das beruhigt mich jetzt.«

Sie: »Haben Sie Ihren Ausweis dabei?«

Ich: »Warum? Ich habe ein Mobilticket.«

Sie: »…das Sie aber hätten ausdrucken
müssen.«

Ich: »Was verstehen Sie am Wort ‚mobil'
nicht?«

Sie: »Es bedeutet, dass Sie etwas mitnehmen
können. Aber Sie haben kein Ticket dabei.«

Ich: »Außer einem Mobilticket.«

Sie: »... das Sie nicht ausgedruckt haben.«

Ich: »Glauben Sie an Zufälle?«

Sie: »Nein.«

Ich: »Mobiltelefon und Mobilticket – es könnte da doch einen Zusammenhang geben?«

Sie: »Ohne gültigen Fahrausweis sind Sie ein Schwarzfahrer.«

Ich: »Wie lautet die Anklage? Fahren mit gültigem Mobilticket?«

Sie: »Sie hätten DAS AUSDRUCKEN MÜSSEN!«

Ich: »Nicht laut werden, ich spreche dieselbe Sprache. Es ist nur so, dass ich mein Telefon nicht an einen Drucker anschließen kann. Niemand kann sein Telefon an einen Drucker anschließen, insbesondere nicht, wenn man mobil ist und keinen Drucker dabei hat.«

Sie: »...«

Ich: »Deswegen hat mein Telefon ein Display, das die Fahrkarte anzeigt. Das mag futuristisch klingen, ist aber mittlerweile gewollt, weil man dadurch auch Papier spart.«

Sie: »Ich bin gleich wieder da.«

Drei Minuten später.

Sie: »Dieses Mal lasse ich das durchgehen, beim nächsten Mal bitte ein richtiges Ticket dabei haben.«

Ich: »Vielleicht sehen wir uns ja wieder, wenn Sie aus Ihrer Zeitschleife katapultiert werden: Wer ist denn momentan Deutschlands Kaiser? Na, egal, es ist ja bald Jahrtausendwende, bis dahin haben Sie alles vergessen.«

Sie: »...«

Ich: »Und falls Sie wissen, was ein Scanner ist, also das Ding, dass Sie da am Gürtel tragen: Sie müssen mein Mobilticket nicht entwerten, es ist nur heute gültig. Wir sehen uns also so schnell nicht wieder.«

Sie: »SIE STEIGEN AN DER NÄCHSTEN HALTESTELLE AUS!«

Ich: »Richtig, das wollte ich ohnehin, ich bin nämlich ein mobiler Bürger. Mit Mobiltelefon und Mobilticket. Schöne Nostalgie noch.«

Es hat sich im Nachhinein bei einer längeren Diskussion mit einem fachkundigen Mitarbeiter herausgestellt, dass es nicht ausreicht, sein Ticket zu fotografieren und es als Mobilticket zu deklarieren.

*Nicht schlimm, schicken Sie mir
einfach eine Ersatzkarte.*

Ersatzkartendrama

Ich lebe immer kurz vor der Detonation. Ich rufe bei der Hotline meines Telefonanbieters an, weil mir etwas Wichtiges fehlt.

Ich: »Guten Tag, ich hätte gern eine Ersatzkarte.«

Hotline: »Gern. Haben Sie denn eine Kartennummer für mich?«

Ich: »Logisch. 843541384.«

Hotline: »Danke, einen kleinen Augenblick bitte.«

Ich: »Klar.«

Hotline: »Oh, da gibt es ein Problem.«

Ich: »Ein Problem? Haben Sie kein Plastik mehr?«

Hotline: »Doch, aber der Vertrag ist nicht mehr gültig.«

Ich: »Dieser Vertrag zu dieser Kartennummer?«

Hotline: »Ja.«

Ich: »Dieser Vertrag, den ich seit zehn Jahren bezahle?«

Hotline: »Ja.«

Ich: »Warum?«

Hotline: »Es gibt diesen Vertrag nicht mehr.«

Ich: »Warum bekomme ich dann Rechnungen und kann telefonieren?«

Hotline: »Da muss irgendetwas schiefgelaufen sein.«

Ich: »Kommt ja vor. Ich brauche auch nur die Ersatzkarte.«

Hotline: »Die bekommen Sie gern, aber nicht für diesen Vertrag. Sie müssen einen neuen Vertrag abschließen.«

Ich: »Ich möchte keinen neuen Vertrag abschließen, ich möchte eine Ersatzkarte.«

Hotline: »Aber Ihr Vertrag ist ja nicht mehr gültig.«

Ich: »Seit wann?«

Hotline: »Es gibt ihn nicht mehr, das Produkt wurde eingestellt.«

Ich: »Telefonieren klappte immer.«

Hotline: »Ja, da ist irgendwo ein Fehler unterlaufen.«

Ich: »Macht ja nichts, ich brauche dann nur schnell die Ersatzkarte.«

Hotline: »Die kann ich Ihnen nicht zuschicken, weil es den Vertrag nicht mehr gibt.«

Ich: »Seit wann gibt es denn Vertrag denn nicht mehr, für den ich monatlich bezahle?«

Hotline: »Das kann ich hier nicht sehen.«

Ich: »Aber Sie sehen, dass es den Vertrag nicht mehr gibt?«

Hotline: »Ja, den Tarif haben wir eingestellt.«

Ich: »Macht ja nichts, ich brauche nur eine Ersatzkarte.«

Hotline: »Sie müssen einen neuen Tarif mit einer neuen Karte bestellen.«

Ich: »Warum? Ich habe einen Tarif.«

Hotline: »Der ist aber nicht mehr gültig!«

Ich: »Das sagen SIE. Meine Rechnung sagt mir etwas anderes.«

Hotline: »Wie gesagt: Da ist irgendwo ein Fehler unterlaufen.«

Ich: »Nicht schlimm, schicken Sie mir einfach eine Ersatzkarte.«

Hotline: »Nur für einen anderen Tarif.«

Ich: »Was kostet ein günstiger, anderer, gleichwertiger Tarif? Ich will erst einmal nur den Preis wissen.«

Hotline: »Wir haben hier gerade ein Angebot, bei dem Sie eine SMS-Flat ...«

Ich: »Nur. Den. Preis.«

Hotline: »29,90 Euro ...«

Ich: »Momentan zahle ich 5 Euro, das sind ungefähr 24,90 Euro Differenz.«

Hotline: »Aber Ihr Vertrag ist ja nicht mehr aktuell.«

Ich: »Ist mir egal, ich brauche ja nur eine Ersatzkarte.«

Hotline: »Die kann ich Ihnen nicht ausstellen!«

Ich: »Haben Sie es mal probiert?«

Hotline: »Das darf ich gar nicht.«

Ich: »Wissen Sie, ich hatte so ein schönes, altes Motorola-Telefon, das nun auf dem Grund eines Sees liegt. Ich konnte damit telefonieren und ein paar SMS versenden. Jetzt muss ich mir ein neues Telefon kaufen und brauche deswegen auch nur eine Ersatzkarte. Mehr nicht. Dann haben Sie ihre Ruhe und ich eine SIM Karte. Und das wollen wir doch alle: Ruhe und eine Ersatzkarte.«

Hotline: »Wissen Sie…«

Ich: »Deswegen bestelle ich jetzt die Ersatzkarte zu meiner Kartennummer, die traurig und einsam auf dem Grund des Bodensees liegt und weint.«

Hotline: »Ich kann mal versuchen, sie direkt beim ...«

Ich: »So genau will ich das nicht wissen. Sie machen das schon, ich will ja nur die Ersatzkarte.«

Das Gespräch wurde zur Verbesserung meiner Servicequalität aufgezeichnet, aber gekürzt wiedergegeben. Der Anbieter bleibt anonym.
Und.
Ich habe eine Ersatzkarte.

Was ich nicht wusste: Mein altes Motorola konnte all das nicht, was die Telefone heute können. Das neue Smartphone hingegen kann wirklich alles, auch das Internet. Das klappte auch mit dem uralten Tarif der Ersatzkarte, der aber dafür gar nicht ausgelegt war. Das hat meine Telefonrechnung allerdings in den oberen dreistelligen Bereich katapultiert.

Und.
Ich habe einen neuen Vertrag.

Sie laufen nicht, Sie verteilen ihre
Hämorrhoiden durch die Hose
auf dem Polster.

Inkorrekte Reservierungen

Ich lebe immer kurz vor der Detonation.
Gerade bin ich am Hamburger Hauptbahnhof
in den ICE nach München eingestiegen. Dass
der Zug hoffnungslos überfüllt ist, stört mich
nicht: Ich habe eine Buchung für einen
Sitzplatz und ich habe alle Zahlen unverrück-
bar in meinem Kopf. Es gibt jedoch ein
Problem.

Ich: »Entschuldigung, darf ich Sie bitten,
aufzustehen? Das ist mein Sitzplatz.«

Er: »Ihr Sitzplatz? Haben Sie ihn gekauft?«

Ich: »Nein, ich habe ihn reserviert.«

Er: »Na, jetzt sitze ich drauf.«

Ich: »Das ist nicht zu übersehen. Deswegen
habe ich Sie höflich gebeten, aufzustehen.«

Er: »Ja, das habe ich auch höflich
vernommen.«

Ich: »Darf ich Sie dann bitten…«

Er: »Sie dürfen mich gern bitten, aber ich
stehe deswegen nicht auf.«

Ich: »Ernsthaft? Deswegen müssen wir jetzt
jemanden vom Personal rufen?«

Er: »Ich rufe niemanden, ich habe nämlich
diesen Sitzplatz gebucht.«

Ich: »Diesen Sitzplatz?«

Er: »Ja.«

Ich: »In diesem Zug?«

Er: »Einen anderen Zug konnte ich nicht nehmen. Sie müssen sich also irren.«

Ich: »Haben Sie ein Auto?«

Er: »Natürlich habe ich ein Auto.«

Ich: »Ich finde es gar nicht schlimm, dass Sie in ihrer Freizeit die Luft verschmutzen. Ich mache das nicht, deswegen nehme ich einfach mal an, dass ich häufiger mit der Bahn fahre als sie. Vermutlich kenne ich mich deswegen auch besser aus. Ich fahre regelmäßig mit der Bahn, ich weiß, wie das hier läuft. Klar, Sie laufen nicht, Sie verteilen ihre Hämorrhoiden durch die Hose auf dem Polster. Das schreckt mich aber nicht ab, ich verlange jetzt nur Zugang zu meinem Platz. Ich weiß ja, welchen Platz ich habe und ich weiß, dass ich direkt vor ihm stehe.«

Er: »Sie können erzählen so viel Sie wollen, ich bleibe auf diesem Sitzplatz.«

Ich: »Normalerweise wäre mir ihr kontraproduktives Verhalten egal, aber der Zug ist komplett voll. Im Gegensatz zu ihrem Hirn, da scheint noch ein Platz frei zu sein.«

Er: »Interessiert mich alles nicht, ich bleibe sitzen.«

Ich: »Etwas mehr Interesse stünde Ihnen aber schon gut zu Gesicht, sonst sterben Sie vielleicht, ohne irgendeine Erkenntnis zu haben.«

Er: »Ich habe die Erkenntnis, auf diesem Platz zu sitzen.«

Ich: »Dann setze ich mich eben auf ihren Schoß.«

Er: »Gar nichts machen Sie!«

Ich: »Och, Sie sind doch gut gepolstert. Im Grunde genommen sitze ich auf Ihrem Schoß noch viel besser als auf dem Polster.«

Er: »Wenn Sie mir zu nahekommen, zünde ich Sie an.«

Ich: »Bei Ihnen springt der Funke ja doch nicht über.«

Er: »Notfalls zeige ich Sie an!«

Ich: »Das wäre ja so, als ob ein Einbrecher den Mieter der Wohnung anzeigt, weil ihm die Möbel nicht passen. Sie haben ja tolle Ideen.«

Hinter mir räuspert sich jemand.

Zweiter Mann: »Holen Sie doch ihre Reservierungen raus, dann sehen Sie, wer recht hat.«

Ich: »Gute Idee! Vielen Dank. Dann mal los, Sie Buddha, zeigen Sie ihre Reservierung und dann stehen Sie auf.«

Er: »Ich zeige Ihnen gar nichts.«

Zweiter Mann: »Seien Sie doch nicht so stur, es werden doch keine Geheimnisse verraten.«

Er: »Ich muss hier doch nicht jedem meine Reservierung zeigen.«

Ich: »Jedem nicht, aber mir schon.«

Zugbegleiter: »Hallo-hallo, was ist denn hier los.«

Ich: »Dieser Herr belegt meinen Sitzplatz und will mir seine Reservierung nicht zeigen.«

Zugbegleiter: »Das muss er ja auch nicht.«

Ich: »Aber er darf auf meinen Platz bleiben?«

Er: »Natürlich darf ich das, ich habe ja eine Reservierung!«

Zugbegleiter: »Es kann schon mal vorkommen, dass ein Platz zweimal vergeben wird. Passiert selten, ist aber möglich. Dann bitte einmal das Ticket und die Bahncard.«

Er: »Bitte schön.«

Zugbegleiter: »Aha, Sie sitzen tatsächlich auf dem falschen Platz. Sie sollten am Fenster sitzen.«

Er: »Ich habe den Platz mit der Dame getauscht, die am Gang saß. Deswegen ist das...«

Ich: »Das ist das typische Verhalten von Autofahrern: Erst einmal rechts blinken, dann links abbiegen und am Ende im Gegenverkehr landen. Schade, dass man für falsche Reservierungsangaben keine Punkte in Flensburg bekommt. Da wären Sie ihren Lappen längst los.«

Zugbegleiter: »Na, immer ruhig mit den jungen Pferden. Zeigen Sie mir mal ihr Ticket.«

Ich: »Na, klar.«

Zugbegleiter: »Ja, der Platz ist richtig…«

Ich: »Sehen Sie, jetzt klärt sich alles auf und ich habe recht. Da setzt sich die Erfahrung durch, die ich in meinen Jahren mit der Bahn gemacht habe. Das hätten wir auch...«

Zugbegleiter: »Ist ja gut, Sie haben trotzdem nicht recht.«

Ich: »Äh, bitte?«

Zugbegleiter: »Das ist Wagen fünf, Sie haben ihren Sitzplatz in Wagen vier. Wir fahren heute aber ohne Wagen vier, das wurde mehrfach angesagt. Die Reservierungen entfallen. In den Wagen eins und zwei sind aber noch Plätze frei. Machen Sie sich schnell auf den Weg, sonst stehen Sie etwas länger.«

Dass nach Wagen drei gleich Wagen fünf kommt, hätte ich sehen können. Oder ich hätte mich aus meinem Erfahrungsschatz heraus an die Aufgabenstellungen der Deutschen Bahn erinnern können. Stattdessen habe ich mir ein Auto gekauft. Die Sitzplätze dort sind nicht nummeriert und es gibt nur einen Wagen.

Das kommt mir spanisch vor

Ich lebe immer kurz vor der Detonation.
Vor einigen Tagen stehe ich in der Regional-
bahn nach Hamburg. Mir gegenüber hat sich
eine Familie mit zwei Kindern eingefunden
und ich versuche nicht zuzuhören, worum es
geht. Doch die Frage des ungefähr 12-
jährigen ist ebenso verzweifelt wie unüber-
hörbar.

Sohn: »Aber warum denn nicht Spanisch?«

Vater: »Weil du mit Latein dann alle
Sprachen kannst.«

Ich: »Entschuldigung, wenn ich
dazwischenfunke. Man kann alle Sprachen
sprechen, wenn man Latein lernt?«

Vater: »Man kann sich dann alles herleiten
und verstehen. Es basiert ja alles auf dem
Lateinischen!«

Ich: »Ach, da werden sich die Polen, die
Dänen und die Isländer ja freuen.«

Vater: »Vielleicht nicht alle Sprachen, aber
die meisten.«

Ich: »Also etwas wie Indisch, Japanisch und
Chinesisch.«

Vater: »Es geht doch mehr um den
europäischen Raum!«

Ich: »Aha, also dann eher Griechisch, Maltesisch und Türkisch.«

Vater: »Sie drehen mir das Wort im Mund herum!«

Ich: »Linguistisch gesehen, nein! Ich versuche nur, Ihnen bei den lateinischen Wurzeln der Sprachen zu helfen.«

Sohn: »Ich würde auch lieber Spanisch machen.«

Ich: »Gute Idee, die haben auch die besseren Frauen. Die lateinischen Damen sind ja entweder ausgestorben oder aus Marmor.«

Mutter: »Haben Sie gerade nichts zu tun?«

Ich: »Doch, natürlich! Ich bin der Lokführer, aber manchmal kümmere ich mich auch um die Fahrgäste, wenn es nur geradeaus geht.«

Alle vier sehen mich entsetzt an.

Ich: »Das ist doch nur Spaß! Das hätten Sie sich über Latein doch herleiten können.«

Vater: »Das Thema ist uns ernst!«

Sohn: »Aber warum nicht Spanisch?«

Mutter: »Weil du dann nicht Medizin studieren kannst!«

Ich: »Ah, krass, du willst Medizin studieren?«

Sohn: »Ich will Fußballspieler werden.«

Ich: »Naja, bei Fußball hilft Latein wenig, da ist Spanisch wohl tatsächlich besser.«

Vater: »Aber Latein ist einfach die bessere Grundlage.«

Ich: »Sprechen Sie denn Latein?«

Vater: »Äh, nein…«

Ich: »Und Sie?«

Mutter: »Nein! Das muss ich auch nicht!«

Ich: »Naja, für die Entscheidungsfindung ist das ja nicht ganz unwichtig. Sie könnten dann Zuhause eine lateinische Enklave errichten, eine Kommune der Historie. Vielleicht kommen dann auch noch andere Lateiner zu Besuch, vielleicht gründen Sie ein Festival, machen lateinische Musik, liegen auf Kanapees und lassen Trauben in ihren Mund fallen.«

Sohn: »…und warum denn nicht Spanisch.«

Mutter: »Du sprichst ja nicht mal richtig Englisch!«

Ich: »Waren Sie denn mal mit ihm in England?«

Mutter: »Waren Sie denn mal in England?«

Ich: »Das ist meine Muttersprache.«

Mutter: »Und können Sie Latein?«

Ich: »Nein, ich hatte Russisch. Ich war nämlich schlau genug, den kalten Krieg richtig zu deuten. Wenn hier jemand mit einer anderen Sprache kommt, dann wohl nicht Cäsar, sondern Putin.«

Mutter: »…dann hilft meinem Sohn aber auch kein Spanisch!«

Ich: »Gut, aber eine tote Sprache ist auch keine Lösung, wenn man gut im Fußball ist und einen Wechsel ins Ausland anstrebt…«

Vater: »Unser Sohn spielt kein Fußball! Er spielt Fußball auf der Playstation!«

Ich: »Mit lateinischen Untertiteln?«

Mutter: »Sehr witzig! Wir kennen unseren Sohn besser. Er kann Mathe und Physik, aber keine Sprachen und er kann auch keinen Sport. Aber er kann kein Englisch, aber im Gegensatz zu Ihnen kann er den Mund halten, wenn er merkt, dass er auf dem Holzweg ist.«

Andere Fahrgäste klatschen Beifall.

Ich erinnere mich an meine siebte Klasse, an den Russisch-Unterricht und dass ich die Worte „Wodka" und „Butterbrot" immer noch perfekt aussprechen kann. „Wodka" und „Butterbrot". Und ich erinnere mich daran, dass ich gern Medizin studieren wollte und dass ich dafür gar kein Latein brauchte. Der Numerus Clausus war einfach weit von dem entfernt, was gefordert war.

Und ich weiß immer noch nicht, was Numerus Clausus eigentlich bedeutet.

Diese Situation hat für mich
Parallelen zur Schlacht bei Alerheim.

Der Rechtsstaat

Ich lebe immer kurz vor der Detonation.
Wie so oft gehe ich zu Fuß zum Einkaufen.
Ich nutze den Fußweg auf der rechten
Straßenseite, weil dort auch der Supermarkt
später auftaucht. Mir kommt ein Mensch
entgegen, ich gehe ganz nach rechts an den
Rand des Fußwegs an den Häusern, um ihm
auszuweichen. Er geht ebenfalls am äußeren
linken Rand, bis wir aufeinandertreffen

Ich: »Guten Tag.«

Er: »Sie müssen ausweichen.«

Ich: »Ich habe den ganzen Tag darauf
gewartet, Sie hier zu treffen. Jetzt weiche ich
doch nicht noch aus!«

Er: »Hä?«

Ich: »Das ist eine seltsame Art, seine
Begeisterung zu zeigen.«

Er: »Kennen wir uns?«

Ich: »Wenn das so wäre, habe ich es sicher
verdrängt.«

Er: »Gehen Sie doch einfach zur Seite!«

Ich: »Naja, um ganz ehrlich zu sein: Wir
haben hier in Deutschland Rechtsverkehr. Sie
müssten sich nur an den Plan und an die
Regeln halten…«

Er: »Es gibt doch keine Regeln für Fußgänger!«

Ich: »Ach so! Das wusste ich nicht! Dann gehen Sie doch jetzt einfach über die Straße und gucken mal, was passiert.«

Er: »Mann! Aber auf dem Fußweg doch nicht!«

Ich: »Regeln gelten immer. Als Autofahrer würden Sie ja auch nicht plötzlich links fahren, weil Sie der Meinung sind, dass die Regeln für Sie nicht gelten.«

Er: »Sehr witzig. Ich bin zu Fuß und Sie gehen jetzt zur Seite.«

Ich: »Wissen Sie, was so verrückt ist? Sie verstehen das System nicht.«

Er: »Was soll das denn nun heißen?«

Ich: »Wenn ich jetzt ausweichen WÜRDE, um an Ihnen vorbeizugehen, dann wäre dort der Fahrradweg. Das ist an sich nicht schlimm, aber ich habe hinten keine Augen. Wenn Sie auswichen, dann wüssten Sie, was auf Sie zukommt.«

Er: »Es ist kein Fahrradfahrer zu sehen!«

Ich: »Sehen Sie, dann können Sie ja problemlos an mir vorbeiziehen.«

Er: »Das mache ich jetzt aus Prinzip nicht.«

Ich: »Das ist prinzipiell eine tolle Sache. Diese Situation hat für mich Parallelen zur Schlacht bei Alerheim. Vielleicht erinnern Sie sich? «

Er: »Schlacht bei... wie bitte?«

Ich: »Die Schlacht bei Alerheim. Das war eine militärische Pattsituation im Jahr 1645 im Schwabenländle. Sie wirken auf mich auch so schwäbisch sparsam.«

Er: »Sie ticken doch nicht ganz sauber.«

Ich: »Wenn Sie jetzt die richtige Konsequenz ziehen, dann ziehen Sie einfach an mir vorbei.«

Er macht einen Schritt zur Seite. Beinahe wird er von einem Fahrradfahrer angefahren, der in der falschen Richtung den Radweg benutzt.

Er: »Daran sind Sie schuld!«

Ich: »Ich kenne den Fahrradfahrer nicht!«

Er: »Sie hätten ausweichen müssen, weil...«

Ich: »Machen Sie es doch nicht so kompliziert! Heute lernen Sie etwas für das Leben. Die Schlacht um Alerheim ist Ihnen jetzt ein Begriff und den Rechtsverkehr in diesem Rechtsstaat haben Sie jetzt auch begriffen. Um den Fahrradfahrer kümmern wir uns später...«

Er: » Wir kümmern uns um gar nichts! Ich will einfach nur in diesen Hauseingang, den Sie hier penetrant blockieren!«

Die Sache mit dem Rechtsverkehr ist viel schwieriger, als ich es gedacht habe. Und wenn ich irgendwann mal so weit bin, dass ich einfach die Klappe halte, dann kommen die Menschen auch pünktlich nach Hause.

Kurz vor dem Abflug

Ich lebe immer kurz vor der Detonation.
Weil ich Flughäfen nicht mag und mich dort
deswegen nicht auskenne, bin ich immer sehr
früh beim Einchecken. Oft kann ich die
Angaben für Check-in, Gate und Toilette
nicht auseinanderhalten. Aber dieses Mal
stehe ich richtig und weil ich so früh da bin,
ist auch noch nicht viel los. Dann kommt ein
junger Mann, steigt über die Absperrungen
und will sich vordrängeln. Ich mache mich
mit meinem Koffer breit und stelle ihn zur
Rede. Wir springen dabei hin und her, indem
ich ihm immer wieder in den Weg versperre.

Ich: »Das Tanzen liegt Ihnen ganz sicher im
Blut, der Grund ist aber moralisch
fragwürdig.«

Er: »Was meinen Sie?«

Ich: »Nun, es gibt ganz sicher einen Grund
für diese Absperrungen.«

Er: »Es gibt für alles Gründe. Kommen Sie
mir nicht so.«

Ich: »Ich komme gar nicht, ich stehe hier.«

Er: »Vor allem stehen Sie im Weg.«

Ich: »Das mache ich gern, es dient einem
guten Zweck.«

Er: »Für Wale und Kinder habe ich schon gespendet!«

Ich: »Dann spenden Sie jetzt doch etwas Zeit für Geduld, Gelassenheit und die Schlange am Schalter.«

Er: »Ich spende nichts, ich will zum Schalter!«

Ich: »In Ihrer Welt ist das sicher unvorstellbar, aber alle Menschen am Flughafen wollen zu einem Schalter.«

Er: »Klar, aber nicht zu diesem Schalter.«

Ich: »Da haben Sie jetzt aber schnell geschaltet. Arbeiten Sie im Stellwerk der Deutschen Bahn?«

Er: »Was ich arbeite, kann Ihnen egal sein!«

Ich: »Gut, also arbeiten Sie nicht bei der Bahn. Schade, das wäre eine gute Erklärung für die Zugverspätungen gewesen. «

Er. » Ich muss meinen Flug erwischen.«

Ich: »Ich wurde auch mal erwischt Da war ich dann im Gefängnis. Das wird Ihnen vermutlich nicht passieren. Vordrängeln ist ja nicht strafbar.«

Er: »Ich drängle mich nicht vor!«

Ich: »Das ist ja auch wieder so eine Sache der Perspektive. Für die einen ist es die längste Praline der Welt, für die anderen ist Vordrängeln.«

Er: »Sie reden wirres Zeug!«

Ich: »Das mache ich immer, wenn so ein Popanz kommt, der sich für etwas Besseres hält, aber am Ende nur dreist ist.«

Er: »Von welchem Mittelaltermarkt sind Sie denn abgehauen?«

Ich: »Erst einmal bin ich von Ihrer Bildung begeistert, da Sie wissen, was ein Popanz ist.«

Er: »Sie machen mich langsam wütend…«

Ich: »Wenn es langsam ist, dann können Sie es ja wenigstens genießen. Die Welt ist heutzutage so schnelllebig geworden. Aber vom Mittelaltermarkt habe ich noch eine Guillotine mit dabei. Die ist zwar aus einer anderen Epoche, aber dumme Adlige kann sie immer noch gut enthaupten.«

Er: »Das ist nicht witzig!«

Ich: »Das ist jetzt wirklich lustig, denn den Satz höre ich dauernd. Von meinen Ex-Frauen oder auch, wenn ich auf der Bühne bin.«

Er: »Der Spaß ist jetzt vorbei, gehen Sie beiseite!«

Ich: »Das ist ein toller Satz! Sie hätten auch sagen können: Spaß jetzt beiseite, gehen Sie vorbei. Allerdings würde es dann etwas anderes heißen.«

Der Mann winkt hektisch in Richtung Schalter und ruft seinen Namen.

Ich: »Meinen Sie, dass man Sie aufgrund Ihres Namens schneller drannimmt?«

Er: »Ja!«

Ich: »Ich habe Ihren Namen noch nie gehört, sind Sie berühmt?«

Er: »Ich bin spät dran und wurde schon zweimal ausgerufen! Und jetzt lassen Sie mich vorbei!«

Normalerweise mag ich es, wenn mich alle Menschen ansehen. Aber dann stehe ich auf der Bühne und nicht im von mir ungeliebten Flughafen. Es war schon peinlich genug für mich, aber es kam noch schlimmer. Trotz meiner inbrünstigen Überzeugung, am richtigen Schalter für den richtigen Flug zu stehen, stellte sich kurz darauf heraus, dass ich in der Schlange der Business-Class stand. Am benachbarten Schalter für die Economy war es brechend voll. Ich habe davon abgesehen, mich vorzudrängeln.

Man kann ja nicht alles wissen

Ich lebe immer kurz vor der Detonation.
Dass dieser Text ganz am Ende des Buches
erscheint, hat einen Grund. Als ich begann,
diese Geschichten aufzuschreiben, wurden
sie monatlich in einem Werbemagazin
abgedruckt. Nach der Veröffentlichung habe
ich die Texte auf meiner Facebook-Seite
präsentiert. Nach kurzer Zeit gingen einige
der Texte viral. Allerdings nur deshalb, weil
Influencer und digital Creator meine Texte
kopierten und auf ihren Seiten posteten. Das
Urheberrecht regelt solche Fälle und das
kann sehr teuer für den Menschen werden,
der darauf nicht achtet.
Dieser Text ist eine Kombination aus
verschiedenen Chats und Emails, die ich
kreativ miteinander verbunden habe. Und es
ist auch der einzige Text, bei dem ich
wirklich recht habe und recht behalten werde.
Fiktiver Chatverlauf auf Facebook auf der
Basis von realen Ereignissen.

> *Hallo, ihr habt einen meiner
> Texte auf eurer Seite
> veröffentlicht. Es geht um die
> Geschichte mit dem Fahrraddieb.
> Bitte umgehend löschen, das
> Urheberrecht liegt bei mir.*

Hallo Armin,

danke für dein Interesse an unserer Seite. Wir werden dein Anliegen so schnell wie möglich bearbeiten.

Bis dahin viel Spaß im Internet.

Eine automatische Antwort, wie praktisch. „So schnell wie möglich" wäre wichtig, da ihr mit dem Text Klicks und Geld generiert. Das würde meine Anwältin dann ausrechnen und gegebenenfalls in Rechnung stellen.

Hallo Armin, gleich mit einem Anwalt zu drohen, ist aber auch nicht die feine Art! Wo ist denn das Problem?

Das Problem ist, dass ihr meinen Text über den Fahrraddieb gepostet habt. Das ist nun mal urheberrechtlich strafbar.

Der Text ist uns zugeschickt worden.

Das ist ja toll! Und der Einsender wollte nicht, dass er irgendwie erwähnt wird?

Die Einsendung fällt bei uns unter die Kategorie NETZFUND.

Das bedeutet, es gibt Texte, die auf mysteriöse Weise einfach so im Internet auftauchen? So quasi wie Maria, die ohne Mann schwanger wurde?

Irgendwoher wird der Text schon kommen, aber das haben wir jetzt nicht geprüft.

Wir? Ihr seid ein großes Unternehmen? Dann wird das ja richtig teuer für euch.

NEIN! Ich mache das alles allein! Das sagt man doch so: Wir.

Ob man das so sagt, weiß ich nicht. Ich rede nicht im Pluralis Majestatis. Aber wenn du das nicht geprüft hast, ist es eben deine Schuld und dein Geld.

Ich kann doch nicht alles prüfen, was mir zugeschickt wird! Ich habe über 100.000 Follower, da kann ich dann ja gar nichts mehr veröffentlichen!!

Das wäre doch super! Kopieren und Veröffentlichen ist eben keine Leistung.

Ich melde mich schon mal bei meiner Anwältin.

NEIN! MOMENT!

Moment? Was kommt denn jetzt noch?

So. Habe dich jetzt natürlich als Quelle verlinkt. Den Text bekamen wir ja ohne Bild per PN.

Ohne Bild? Natürlich kommt so ein Text ohne Bild! Ich brauche auch keine Verlinkung. Darum habe ich nicht gebeten. Lösch bitte den Post von deiner Seite.

Warum das denn?

Für mich ist es anstrengend, jedes Mal mit einer anderen Hirnzelle zu sprechen. Zumal du auch einfach in den Chatverlauf gucken könntest, worum es hier geht. Entweder du löscht den Post oder du bekommst Post von meiner Anwältin. Bei 100.000 Followern kommt finanziell einiges zusammen, aber das kannst du von den Einnahmen deiner Seite bestimmt locker bezahlen. Wenn nicht, sieh es einfach so: Im Grunde bist du dann ein Künstler, der von der Hand in den Mund lebt und sein Geld an andere gibt, die einfach nur rumsitzen.

*Aber warum soll ich den Post
denn jetzt löschen?*

*Puh. Vielleicht sind es auch so
viele verschiedene Mitarbeiter,
mit denen ich schreibe.
Es gibt zwei Gründe.
1. Der Text gehört mir, ich habe
ihn geschrieben.
2. Dein Kontostand wird kleiner,
wenn der Post auf der Seite
bleibt.*

*Das ist hier doch aber auch
Werbung für dich!*

*Es wird ja immer lustiger. Wenn
es Werbung für mich wäre, dann
müsstest du mich immer noch
für den Text bezahlen.
Schließlich ist der Post jetzt
schon 8.000 Mal angeklickt und
2.000 Mal geteilt worden. Ich
verstehe das, der Text ist ja
auch gut. sonst gar nichts mehr
machen könnte.*

Wir können das aber auch so machen: Ich komme jetzt bei dir vorbei, nehme mir deinen Rechner und sage, dass es ein Hausfund ist. Und dass ich es nicht geprüft habe, weil ich ja so viele Computer sehe und sonst gar nichts mehr machen könnte.

Das ist doch was anderes! Das wäre ja Diebstahl!

Ich glaube, jetzt hast du es verstanden. Lösch den Text, dann kommst du noch mal davon. Und in Zukunft: Texte und Bilder prüfen, dann bleibt dir so etwas erspart. Andere Autoren oder Fotografen haben oft keine Lust auf so ein Gequassel.

Man kann ja nicht alles wissen...

Stimmt. Und wer nicht alles weiß, kann eben auch nicht alles posten.

Meistens muss ich noch mindestens einmal nachhaken, bis der Text gelöscht wird. Manchmal muss ich auch Beweise liefern, dass es mein Text ist. Manchmal dauert die Erklärung des Problems auch nicht so lange. Aber in der Regel ist es sehr anstrengend, für sein Recht zu kämpfen. Ich hoffe immer, dass ich meine Anwältin niemals einschalten muss. Diese Frau ist ein Bluthund und quetscht jeden Menschen bis auf den letzten Cent aus. Ich weiß das, ich war mal mit ihr verheiratet.

Ebenfalls erschienen:

Armin Sengbusch

Depressionen leicht gemacht

146 Seiten

Books on Demand

ISBN: 978-3-8996813-5-2